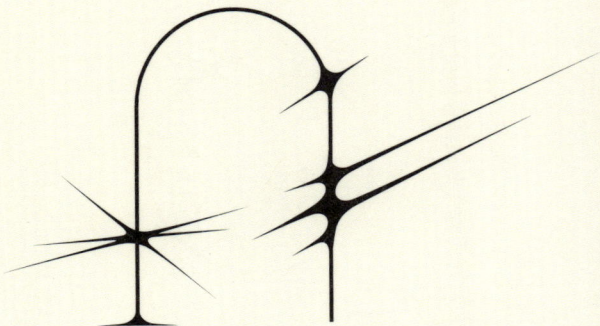

SPRING 野

更具体地生长

All This Wild Hope

出生意愿确认

李琴峰 著

烨伊 译

广西师范大学出版社

·桂林·

图书在版编目（CIP）数据

出生意愿确认 / 李琴峰著；烨伊译.——桂林：广
西师范大学出版社，2024.2（2024.12重印）
　ISBN 978-7-5598-6412-3

　Ⅰ.①出…　Ⅱ.①李…　②烨…　Ⅲ.①幻想小说–中
国–当代　Ⅳ.①I247.5

中国国家版本馆CIP数据核字（2023）第188064号

著作权合同登记号桂图登字：20-2023-186 号

CHUSHENG YIYUAN QUEREN
出生意愿确认

作　　者：李琴峰
译　　者：烨　伊
责任编辑：彭　琳
特约编辑：徐　露
装帧设计：汐　和 at compus studio
内文制作：陆　靓

广西师范大学出版社出版发行
　广西桂林市五里店路 9 号　邮政编码：541004
　网址：www.bbtpress.com
出版人：黄轩庄
全国新华书店经销
发行热线：010-64284815
北京启航东方印刷有限公司印刷
开本：787mm×1092mm　1/32
印张：5.375　　字数：80千
2024年2月第1版　2024年12月第3次印刷
ISBN 978-7-5598-6412-3
定价：49.00元

如发现印装质量问题，影响阅读，请与出版社发行部门联系调换。

"不经同意就被生下来的孩子，真的很痛苦啊。"

"什么是真正的自由意志，什么又是外界的影响？"

李琴峰
1989—

1

好像是硬把他生下来的哦——凛凛花一面在冰箱里翻找一面说。这之前和之后的话被抹消在雪崩般从窗外涌入的蝉声里，我没听清。

"唉，你说谁？"

我大喊着反问，不愿输给蝉鸣。

公司休息室的窗户面朝一排行道树，似乎有许多蝉栖居于树上，叫起来相当吵人。近年来，亲耳听到蝉声的机会已经大大减少，如此阵雨般盛大的蝉鸣更是少有。随着温室效应的加剧，最近几年，东京每到夏天就被热浪裹挟，或许连蝉也被暑热的天气打败，叫得没有以前那样响亮了。电视的新闻节目说，如果再这样下去，蝉即将因无法求偶而濒临灭绝。由于梅雨季绵延不断，今年夏天不像往年那样炎热，于是蝉们一齐鸣叫，像是不愿错过这一良机。

"河野部长的小孩啦。"

凛凛花手拿餐后甜点的布丁回到座位，眨巴着一双碧蓝的眼瞳，露出煞有介事的微笑："彩华，你什么都没听说吗？"

"没。"我边说边夹了一口米饭到嘴里，"凛凛花听说了什么？"

埃文斯凛凛花和我前后脚入职，和我一样在会计部工作。我们从入职时就很要好，总是在休息室一起吃午饭，不知不觉间已经是第六个年头了。我名叫立花彩华，两人的名字里都有"花"字，于是部门同事和坐在附近的员工有时称呼我们"Flower Sister"（花朵姐妹）。即使我们抗议这个称呼太俗套，他们也根本听不进去。

其实我和凛凛花根本不像姐妹。她父亲是美国人，母亲是日本人，混血的她外表和我大相径庭。凛凛花那令人想起南国碧海的湛蓝眼瞳、轮廓清晰的五官和在人群中也颇醒目的顾长身段继承了父亲的基因，细嫩的肌肤和顺滑的头发则多半遗传自母亲。我的父母都是日本人，外貌平平无奇，所以我多少有些羡慕她华美的外貌。

凛凛花停下要揭开布丁盖子的手，嘴唇靠近我耳边低语道："最近，总务部里的传闻满天飞，据说河野部长涉嫌'强制出生罪'，被告上法庭了。"

"啊？"

听到凛凛花口中这句不祥的话，我不禁哑然，拿筷子的手顿在了半空中。

这位河野部长在隔壁总务部负责统管工作，是一个将近五十岁的男人。上级领导对他的工作似乎还算满意，但他常以高压式的态度对待手下，以至于下属都很讨厌他。据说两星期前他突然就不再来公司，并且断绝了与外界的联系，其去向屡屡成为员工八卦的中心和闲聊时的谈资。我也曾对他的无故缺勤有过各种想象，但凛凛花的消息完全出乎我的预料。

"强制出生？这不管怎么说也太过分了吧！简直难以置信！"

"哎，不过这只是传闻，最终的判决还没出来。"

凛凛花听完我的话，淡然自若地揭开布丁盖子，吃了一口布丁。"但是，俗话说得好，无风不起浪。不管怎么说，既然有了这样的传闻，他大概是没法再回公司了。大家正热烈地讨论下一任部长是谁呢。"

　　和强制出生的传闻相比，下一任部长的候选人是谁根本无关紧要吧。想着这些，我混乱的大脑逐渐恢复了平静。我将剩下的饭吃得精光，又用绿茶将饭送进胃里，问道：

　　"是不是他们那代人的缘故啊？"

　　"谁知道呢？"

　　凛凛花歪着头思索。窗外渗进来的阳光照在她褐色的直发上，从她的头顶投下一个光环。"从年龄来看，他似乎也没那么老派吧。河野部长不是比我们的父母还年轻吗？"

　　"这倒也是……难道他是无差别出生主义者？"

　　我边说边收拾便当盒："这么说来，我好像看到过新闻消息，最近有这类价值观诡异的新兴宗教蠢蠢欲动。他该不会沉迷于其中了吧？"

　　"似乎也看不出他有这种迹象啊。酒会和平时的闲聊中，没有人听过他流露出这类想法，手下的员工要请假陪妻子做出生取消手术的时候，听说他都会痛快地准假，还温柔地嘱咐员工：尽管这段时间很难熬，但你还是要多陪陪她。假如他真的沉迷于那类宗教，遇到这种情况，肯定会面露难色，至少也会表现出犹豫吧？"

"你知道得这么详细？凛凛花可真是情报达人。"我佩服道。

"没什么，只是有几个熟人在总务部。"

也许是不好意思突然被我夸奖，凛凛花显得有些害羞。她将吃完的布丁杯拿到水槽边冲洗，转换了话题："哎，与其关心别人的孩子，还不如多为自己的孩子想一想。"

"真的是。"

和法国男人结婚的凛凛花怀有五个月的身孕，顺利的话，孩子会在今年冬天出世。"到目前为止，孕检结果还正常吗？我看之前的新闻说，全世界的胎儿生存难易度指数的平均值又提高了，好像高了零点三个点。"

"一切正常。大夫说，我的胎儿生存难易度目前还处在低水平，照数值来看，拒绝出生的概率非常小。"

凛凛花边说边把布丁杯扔进垃圾箱，回到座位上。"倒是你啊，最近怎么样？上个月，你不是和亲爱的她做了妊娠手术吗？"

"好恐怖！你怎么连这个都知道？"

我不由得惊叫出声。虽然无意隐瞒，但我一直打算过一段时间再对公司公开怀孕的消息。

"上个月你不是请假了吗？休假回来那天，你笑得格外神清气爽，表情也柔和了许多。或许你自己意识不到，但你总是摸肚子。看到这些，我就想：哦，这个人的肚子里有小生命啦。"

凛凛花露出恶作剧般的笑容补充道："放心吧，我还没告诉任何人呢。"

"不愧是情报达人凛凛花，想对您有所隐瞒也不行啊。幸好我们不是死对头。"

我叹了口气，决定向她坦白："您观察得没错，上个月我和爱人做了妊娠手术。到现在一个月还不到呢，孕检什么的都无从谈起，但总之是顺利着床了。"

"真是个幸运的家伙。"

凛凛花说着把手伸到我的腰间，突然开始挠我的痒痒。干吗，不要啦！我笑着反抗，也予以反击。幸运还不是彼此彼此吗？我知道凛凛花比我更怕痒，腋下尤其是弱点，于是发起了集中攻击。

挠痒痒大战持续了一阵，在两个人都受不了的时候宣告休战。

"而且——"

凛凛花调整着激荡的呼吸，忽然换上一副感慨万千的表情，摩挲着自己的肚子，深情款款地说道："能像如今这样纯粹地享受孩子出生的喜悦，全是托'同意出生制度'的福啊。它为我们免除了未经同意分娩的风险。"

我被凛凛花的语气影响，也沉静下来：

"确实如此。未经同意分娩是最糟糕的，那些强迫孩子出生的人简直是人渣。作为父母，实在不可饶恕。"

"好啦，希望我们的孩子都能平安出世。到时候，一起开个庆祝派对吧。"

午休时间就要结束了，凛凛花说完这句话便收拾好爱夫便当的饭盒——据说那便当是丈夫给她做的——离开休息室，继续工作。

太阳的角度缓慢变化着，此刻，金色的阳光正好照在我的腹部。一想到有一个小生命正在这片阳光中缓慢成长，我内心深处便涌起一股情绪，刺得我的鼻头一阵酸楚。怀孕一个月，我还没感受到胎动和其他任何生命迹象，但腹中确实有一个生命之种与我和爱人相连。放心吧，我们会绝对尊重你的意愿，绝不会强迫你出生，你只管安心地慢慢长大就好。我抚摸着自己的肚子，在心里对那个"大概"会在不久后出生的生命起誓。

不知何时停止的蝉鸣，又聒噪起来。

※

我恰好在日本确立同意出生制度的那一年出生，那是距今二十八年前的事了。

五十九年前，在"失去的三十年"[1]的末尾，日本迎来了一场席卷世界的传染病浩劫。据说这场疫情花了五年时间才平息，世界人口因此减少了三分之一。这场灾祸让本就不景气的日本经济一下子坠入谷底，许多国民失去工作，整个国家陷入粮食不足的危机中，听说当时走在街上，随处都能见到因患病或饥饿而死的尸体。

疫情平息后，人们谴责政府的失职，国家经历了一轮政权交替。新政权一改迄今为止的排外作风，效仿各大发达国家，转变政策方针，积极接受海外移民。"日本要被外国人占领了！"部分保守派叫

---

1 指 1989 至 2019 年，日本从泡沫经济崩溃转向经济增长低迷的三十年。

嚣不止，还发起了反对运动，但最终是流入日本的移民振兴了国家经济，为实现"第二次高速经济增长"做出了贡献。没过多久，社会上就掀起了国际婚姻的热潮，听说时至今日，有半数日本国民都是混血儿。

疫情时代也是死亡前所未有地接近全人类的时代，在任何时候、任何地方，以任何一种形式走向死亡都不足为奇，这使人们的生死观发生了巨大的变化。在此以前，人们即使清楚死亡迟早会来，但多少还是觉得那与自己无关，几乎是无条件地、本能地欢喜生，忌讳死。然而，疾病会带来死亡的痛苦和不可预测性。直面这些的时候，人们开始意识到死亡就在自己身边，从而逐渐产生了新的愿望——至少想自己决定死亡的时间、地点和方式。于是，世界各地兴起安乐死合法化的运动，掀起规模庞大的思潮。"Retrieve the Death Autonomy from the Moirai"（从命运女神手中夺回死亡的决定权）是象征该思潮最有名的口号，花语是"自由"的植物落新妇[1] 成了安乐死合法化运动的标志。

1　落新妇（Astilbe chinensis），多年生草本植物，为虎耳草科落新妇属的一个种。

运动奏效了。几年后，世界主要国家接连审批通过了安乐死法案。渴望结束生命的人不需要特别的理由，只要付一笔钱，谁都能毫无痛苦地告别这个世界。

将死亡的决定权握在手中之后，人们又开始围绕出生展开了思考。一起发生在美国的诉讼案成了新思潮的导火索。一名男子控诉自己的亲生父母，称他们"未经同意便生下了自己"。这场诉讼纷争持续了十年，最终，联邦最高法院判决该男子胜诉，男子的父母必须承担诉讼费和男子的安乐死费用。这场诉讼史称"未经同意分娩诉讼"，刺激了舆论对"人有权决定自己是否出生"的讨论，直接导致世界各地发起了"人有权不出生"的运动。该运动同样掀起了巨大的思潮，全世界都展开新的研究项目，希望能研发出新技术，在胎儿出生前确认其是否有出生意愿。

几年后，日本的研究小组着眼于上个世纪的语言学家乔姆斯基提出的"普遍语法"概念，取得了重要的研究成果。普遍语法指的是全人类生来就具备的一种抽象的固有语法，乔姆斯基认为，人类之所以能在婴幼儿时期快速学会母语，就是因为我们天生掌握这类语法。日本的研究小组发现，九个月的胎儿已经掌握了普遍语法。研究人员解析了这种语法，得以成功地与胎儿进行极为简单的沟通。这项研究成果得到了全世界的称赞，还获了诺贝尔奖。

又过去几年，确认胎儿是否有出生意愿所必需的各类科学手段日臻成熟，并投入到实际应用之中。与此同时，世界各国开始着手将同意出生制度纳入法律。在日本，被称作"无差别出生主义者"的保守派（他们称自己为"自然出生主义者"）对此持反对意见，但更迭后的政权一贯秉持着将世界的新思潮引入日本的作风，再加上这项技术本就源于日本，政府对待立法的态度非常积极。日本有幸成为世界上第三个将同意出生制度纳入法律的国家。大部分主要国家将该制度纳入法律后的第二年，美国总统在国情咨文演讲中提到了它：

在人类历史的绝大多数时间里，人类的出生都与自身的意愿无关。一直以来，人们被迫来到这个世界，不得不履行出生这一极易引起巨大麻烦的行为。在著名的《汉穆拉比法典》

中，孩子被视为父母的财产，生孩子和创造财产的意义相同，这和家畜繁殖并无区别。进入现代社会，在我们人类的不懈努力下，自由与平等的权利已有了显著的进步，但其管辖范围从未触及自主决定出生这一神圣的领域……同意出生制度的确立，终于成功地使我们人类彻底获得了自主决定生与死的权利。这是法国大革命以来，人类历史上弘扬人权最丰硕的成果。

——每一本初中的历史教科书里都记载着上述内容，而在小学高年级的课上，老师会用更简明易懂的语言向学生们讲解同意出生制度：

"从前的人们没想过'不出生的权利''自主决定出生权'这些问题，因此小朋友们接二连三地出生，不受自身意志的控制。那实在是一个可怜的时代。"

我至今记得五年级的时候，社会课老师的教诲："以前的孩子既没被当成人，也没被当成生命，所以没有人权可言。大家想要的东西有很多吧？想要玩具，想要零花钱，等等。以前的人说自己'想要小孩'，就像说'想要钱''想要玩具'一样。他们说'我想生孩子！'，就和说'我想吃好吃的！''我想看有趣的动画片！'没什么区别。'想让孩子延续自己的血脉''想让孩子继承家产''衰老后，想让孩子照顾自己''想多个帮手'……为了实现这些任性的愿望而生孩子的人也不少。那时的人没有'强制出生'的概念，所以会不经孩子的同意就将他们生出来，也不认为这是强迫行为。和现在很不一样吧。"

"老师！"

班里成绩最好的女孩子举手提问："那些不想出生却被生下来的孩子，要怎么办呢？"

"很可怜，他们没有任何办法。"

老师的表情格外悲伤："老师小的时候，安乐死还没有普及，也没有同意出生制度，我记得很清楚，那些不想出生却被生下来的孩子，只有努力活下去和自杀两个选择。所以那时候自杀的人很多。现在虽然可以安乐死了，但价格高昂，不是谁都能轻易选择的。老师出生前也没有人征求过我的意见，能平安无事地活到现在，实在是我的荣幸。"

说到这里，老师的脸上忽然闪过一道阴影：

"说起来，你们当中也有人是在法律出台之前，未被征求意见就出生的呢。"

同意出生制度正好在我出生那年出台，因此，和我同一年入学的学生里，既有在制度出台前出生的人，也有之后出生的人。我是赶上制度的头班车，被征求意见之后出生的。

"不经确认就来到这个世上的孩子，一生中也许会遇到各种各样的困难。如果实在觉得痛苦，选择安乐死也绝不是胆小的行为。当然，老师希望大家都努力活下去。"

老师神情复杂地说："等大家长大了，要生孩子的时候，一定要尊重孩子的意愿哦。强制出生是把性命强加于人，杀人则是夺走人的性命。这两件事在本质上没有区别，我们绝对不能做。知道吗？"

教科书的正文旁边一则题为"有关强制出生的法律"的小专栏里，记载着刑罚条例。

第三百六十六条

1. 不确认孩子的出生意愿，或明确知道孩子不愿出生仍然分娩者，处以无期徒刑或五年以上有期徒刑。

2. 存在上述分娩事实时为分娩者配偶的，无论案发时婚姻状况如何，均适用于上述处罚。

3. 若犯罪者承诺不再犯罪并主动放弃生育能力，可根据情况减免刑罚。

4. 触犯此法条者，若无人提起诉讼，国家不会对其提起公诉。

作为补充，专栏下面还写着："和刑事责任不同，民事诉讼发生时，被告可能必须承担被强制出生之人的安乐死费用。"

幸好我是被征求过意见才出生的。正因为自愿出生，我才能真的爱这个世界，才能从真正意义上为自己的生命感到喜悦。

当然，只要活着，总要经受各种各样的挫折。孩提时代，父母总是偏袒姐姐，对我十分严格，这让我很难受。上高中时，我向喜欢的学长告白，对方果断地拒绝了。我难过得躲在房间里一个星期闭门不出，几乎吃不下饭。考大学的时候，我粗心大意，以很小的分数差距与第一志愿的学科失之交臂，后悔到恨不得割腕自杀。离开老家独自到东京求学的大学时代，有一次，一场感冒恶化成了肺炎，空荡荡的房间里只有我一个人。我独自承受着病痛，心想与其这么痛苦，还不如死了算了。即便是现在，工作上也有很多烦心事。人际关系的纠葛、工作得不到正当的认可、技能提升遇到瓶颈等，数都数不过来。尽管如此，我仍然保持着无论遇到什么挫折都要忍耐的心态，就是因为这是我自己选择的人生。我的人生从开始到结束，完完全全都属于我自己。正是这个事实支撑着我。直到今天，我仍然珍藏着自己出生前的同意证明，也就是"同意出生公证书"。未经同意或违背意愿出生的孩子们遇到难过的事时，究竟是什么动力支撑他们活下去的呢？我根本无从想象。换作是我，一定会憎恨硬把这段人生塞给我的父母。有数据表明，出生前本人未同意出生的人，的确比确认过意愿再出生的人自杀率和寻求安乐死的概率要高。

并且，同意出生制度不只保护孩子。怀孕后，我亲身感受到，这项制度对父母也照顾有加。为人父母，自然希望自己的孩子能度过幸福的一生。如果孩子憎恨自己的人生，父母必然也会陷入自责。

我还听说，在同意出生制度尚不存在的年代，常有生下先天残疾儿童的父母责备自己，认为"没能让孩子健康地出生是自己的错"。而今可以确保每个孩子都依循自己的意愿出生，父母的心理负担会大大减少，可以真正意义上为孩子的出生而喜悦。

那节课的最后，老师感慨良多地总结道：

"多亏了同意出生制度，人类才得以从真正意义上打心底里为子子孙孙的出生而高兴。"

我满头大汗地回到家，妻子赵佳织正站在厨房做晚饭。她回头望了望站在大门口的我，露出一个漂亮的笑容："辛苦啦。今天是怎么了？出了这么多汗。"

"外面可热了，你一直在家，可能不觉得吧。"我噘着嘴说。

从最近的车站步行到家需十五分钟。虽然是晚上，此时的气温仍足够让人出汗。其实从车站搭自动驾驶的出租车回来也不错，但我今天莫名地想散步，不打车还能省钱，便走回来了。

"晚饭还要一会儿才好，要不你先去冲个澡吧？"

佳织一面切菜一面说。菜刀在切菜板上发出嗵嗵嗵的声音，听来颇有几分愉悦。

"好啊。"我答应了一句，走进自己的房间开了灯。

赵佳织大我一岁，我们从大学时代开始交往，两年前结婚后，一起租住在东京市郊的这套两室一厅的房子里。早在同意出生制度纳入法律的几年前，同性婚姻就已在日本受到合法保护，三十多年后的今天，同性伴侣不仅可以结婚，还能要小孩。通过生命科学的技术手段，使卵子和卵子、精子和精子的遗传基因得以结合。若伴侣双方均为男性则需要代孕，若伴侣双方均为女性则可以亲自分娩。一个多月前我做的妊娠手术，就是让佳织和我的卵子成功结合后的"接合卵"在我的子宫内着床。这种手术十分简单，哪个医院的妇产科都能做。由谁生育的问题我与佳织事先当然商量过，不过我们打算要两个小孩，所以最终决定这次我生，下次她生。也许是想犒劳孕期辛苦的我，她最近经常为我亲自下厨。

佳织是混血儿，母亲是中国人，父亲是日本人，赵姓是随了母亲的姓氏。和日美混血的凛凛花不同，佳织的外表和我区别不大。她是小说家，平时居家办公。为了集中精力工作，她说无论如何也要有自己的房间，所以我们的房间如今仍然是分开的。

走出浴室的瞬间，厨房那边飘来好闻的饭菜香，是番茄煮牛肉汤的味道。佳织已经坐在起居室的沙发上，边看电视边等我。电视里播的是根据她的小说改换影像的视频。

我在自己的房间吹干头发，服下抑制孕吐的药——最近，我开始出现孕吐反应。正要往起居室走的时候，手机响了。屏幕上显示出来电人的名字：立花彩芽。是姐姐打来的视频通话。

我盯着屏幕，犹豫了一会儿。然后关闭摄像头功能，只以音频形式接入通话。

"喂喂？彩华，你好吗？"

很久没听过姐姐的声音了，和我记忆中别无二致，娇滴滴的，带着一股甜腻，令我想起喝放多了糖的红茶时，嗓子眼发黏的那种不适。

"我挺好。怎么突然打电话来？"

听了我冷淡的回答后，姐姐的语气变得有些受伤：

"好冷漠啊——难得打个电话给你，拜托高兴一点啊，哪怕是装的也好。"

我轻轻叹了口气，避开话筒，免得让姐姐听到这叹息。

从小我就不懂得如何与姐姐相处。姐妹间的争吵在每个家庭都是家常便饭，但父母对姐姐的偏袒非同一般。当我们因想看不同的电视节目而争抢遥控器时，即使先拿起遥控器的人是我，父母也永远会把遥控器从我手中拿走，递给姐姐。父母只肯为我买便宜的生日礼物、圣诞礼物，却会满足姐姐的愿望，她想要什么都买给她。看着姐姐得到的漂亮洋娃娃和可爱电子琴，嫉妒总会将我淹没。

而姐姐明明得着父母的偏袒，和我的境遇截然不同，却似乎没有一丝一毫的自觉。对此我很气愤。尽管我还是孩子，却已经明白，任何事只要扯上姐姐就不会有什么好结果，于是我主动和她保持距离。可她似乎完全没有察觉我的意图，总喜欢缠着我，这也让我郁闷。她动不动就拿自己的洋娃娃或人偶诱惑我，嘿嘿地傻笑着娇滴滴地对我说：彩华，一起玩嘛！每次我都想：谁要玩你的玩具啊，万一不小心弄坏了或是吵起来，爸爸妈妈发火的对象肯定又是我。

我和姐姐爆发过一次很大的争执。那次她像往常一样黏着我，我要她离我远点，可她丝毫不愿妥协。我们你一言我一语地拌着嘴，忘了因为什么，我的布娃娃被她弄坏了。那是我渴望已久、用辛苦攒起来的零花钱好容易才买下的动画片角色的玩具娃娃。布娃娃的脑袋连着身体的地方破了，我看着裂缝中露出的白色棉絮，就好像看到最喜欢的角色受了重伤、血流不止一般，难过极了，不禁火冒三丈，和姐姐扭成一团，狠狠打了她的头。结果明明是她的不对，她却放声大哭，引起了父母的注意。

那一天，我被罚不得踏出自己的房间一步，饭也被断了一整天。母亲把那个布娃娃缝好后，给了姐姐。当天晚上，我待在没开灯的房间里，独自承受着饥饿和愤懑，姐姐突然走进来，手里拿着一个东西。借着窗外渗进房间的路灯光，我看出那是一块蛋糕。可能是晚餐后吃剩的甜点吧，这块酥饼被装饰得很漂亮，还顶着丰富的生奶油。"彩华，吃蛋糕吗？"姐姐问话的时候，像往常一样嘿嘿笑着。我根本不知道她在想些什么。谁要吃你吃剩下的东西啊？我真想把蛋糕糊在她脸上，可实在无法抵挡空着肚子的感觉，便大口大口地吃起来，速度快到令我难堪。吃到大概一半的时候，我开始变得难受。

是空了一整天的肚子突然塞下甜腻蛋糕的缘故。姐姐果然是故意的——尽管这样想，我还是无法放下叉子。最终我拉了肚子，吃下的东西几乎全泄了出去。那以后，我更讨厌姐姐了。

　　长大之后，我似乎略微理解了父母的心情。我是在征得同意后出生的，相比之下，面对未确认意愿就出生的姐姐，父母多半是内心有愧。虽然姐姐出生时，政府还未出台同意出生制度，父母的行为不至于构成犯罪，但从伦理角度上，他们也许是自责的，对姐姐的百依百顺就是自责的写照。如果把父母对姐姐的宠溺视作让她肯定自己人生的努力，逻辑就通畅了。这样一来，父母反而更觉得姐姐可怜。而就算姐姐从父母那里得到了补偿，未经她的同意便将她生下来的事实仍旧不会改变。看来姐姐并非心肠不好，也不是故意捣乱，一味地缠着我只是想和我搞好关系，给我拿来吃剩的甜点，或许也是单纯地为我着想。年幼的姐姐肯定不知道空腹时突然吃甜食会对身体不好。

　　"抱歉，我没有那个意思。姐姐你呢，还好吗？"我说。

　　尽管我略微理解了父母和姐姐的心态，孩提时代的记忆还是扎根在内心深处，直到今天，我听到姐姐的声音仍然会产生本能的抗拒，也和父母关系疏远。哪怕拔除了小时候那些糟糕的回忆，我和姐姐大概也性格不合，聊起天来总是我说东她说西，永远谈不到一块儿。所以，去东京上大学后我就不怎么见到姐姐了，工作后见面的机会就更少了。上次见面已经是五年前，是在她婚礼上见的。两年前我结婚的时候也没有见她，我只是打电话汇报了一声。和来东京生活的我不同，姐姐一直住在老家山梨，婚后的住处到父母家大约二十分钟车程。现在她好像仍然在当地一家小规模的生活用品制造公司工作。

"好开心呀——！我挺好的。"

姐姐的音调提高了半个度："下个星期，我要去东京办点事。要不要一起喝杯茶？"

"啊？怎么这么突然？"

"没关系的啦。我们好久没见面了，见一面，聊一聊吧——"

"我白天要上班。"

"周六日总要休息的吧？"

"休息日我也很忙的。"

"忙什么呢？"

"……"

我很不愿意牺牲私人时间见姐姐，奈何找不到合适的理由拒绝，在她的软磨硬泡下，我们还是约定在两星期后的星期六见面。

挂断电话，我来到起居室，佳织把电视切换成有线信号，然后坐在餐桌前，朝我招手。

"有电话？是谁打来的？"佳织问。

"我姐姐。说要来东京办事，问我要不要见面。"

我不太想继续这个话题，便挑起新的话头："好啦，吃饭吃饭。"

在餐桌前坐下后，我再次感受到佳织的积极。除了牛肉汤，桌上还摆了好几道她擅长的中式家常菜：咕咾肉、炒空心菜等。

"真棒。你干劲满满啊！"

听了我钦佩的感叹，佳织笑逐颜开，大大方方地说：

"这是为我亲爱的妻子做的嘛。"

"别这么肉麻啦。"

说话时，我觉得脸发烫。情绪表达直接无疑是佳织的魅力之一，但有时反而会让听者不好意思。

"我开动了。"

佳织做的饭菜样样好吃，牛肉汤散发着浓厚的醇香，喝到口中却格外清爽，不容易腻，牛肉不油且筋道，每咬一口都肉汤四溢。中式调味的咕咾肉和炒空心菜很下饭。上了一天班的我疲惫不堪，肚里空空如也，转眼间就将米饭吃得精光。

"怎么样？"

回过神来，佳织正撑着下巴，笑眯眯的，一动不动地盯着我吃饭。我感到自己的脸上飞起了红晕。

"别盯着我看嘛。"我抗议，"佳织怎么不吃？"

"我不吃也没关系，怎么说呢，看着你吃，就觉得好幸福。"

她呵呵笑出声来，开始将每道菜的讲究说给我听："你多吃点。牛肉富含蛋白质和铁，带叶蔬菜可以补充叶酸。大夫不是说过嘛，这些营养成分对孕妇来说都很重要。"

"太夸张了吧，才一个多月呀。"

"但你不是已经有了孕吐反应？"

"嗯，用药控制之后就没什么大碍了。"

"难受的时候要说哦。如果有想吃的，随时跟我点单。"

"那我想吃金枪鱼刺身。"

"嗯？现在吃吗？"

望着被我的突然袭击搞得措手不及的佳织，我不由得大笑起来：

"开玩笑的，开玩笑的。今天的食谱我已经很满足啦。佳织也要好好吃呀。"

听我这样说，佳织总算松了口气：

"吓我一跳。我都开始想要点哪家的外卖了。"

说完，她盛了一碗牛肉汤，喝了一口。"啊，棒极了。我的手艺果然厉害。"

"还有自己夸自己的？"

我一吐槽，佳织就俏皮地做了个鬼脸：

"我说得有错吗？"

"没错。"

刹那的空白后，我们同时笑了出来。因为姐姐的电话带来的烦躁情绪和笑声一起消散在空气中。

"来！给我添一碗饭。"

我递上吃得干干净净的饭碗，用孩子般稚气的声音说。

"好嘛好嘛，孕妇最伟大！"

佳织接过碗，起身走到电饭锅旁边。

"等到你怀孕的时候，我会知恩图报的。"

望着佳织为我盛饭的背影，我心里涌起了满满的爱意。

这时，电视里插播了一则新闻。十名男女在涩谷区的一间公寓因涉嫌恐怖等有组织犯罪[1]被现场逮捕。据悉，这些嫌疑人是"天爱会"的成员。天爱会是提倡自然出生主义的新兴宗教团体，主张"珍爱天之本心，顺应自然法则"，反对同意出生制度，提倡自然出生主义。最近，天爱会的活动出现了过激倾向，警方也对其保持着关注。警方突击检查天爱会据点之一的某间公寓时，嫌疑人正在计划对实施"出生意愿确认"的医院进行恐怖袭击。公寓中查获了大量制作枪支弹药的原材料。据悉，警方将针对这批原材料的获得途径继续展开搜查。

"看样子，事情闹得很大呢。"

佳织端着盛好米饭的碗走回来，瞥了一眼电视嘟囔道。

"但愿警察尽快将他们都抓住。"

---

1 指有组织的犯罪集团计划实施重大犯罪，并为执行此计划而做相关准备的行为。日本政府于 2017 年将其纳入共谋罪的适用犯罪行为。

我接过饭碗，点头回应道。恐怖袭击这个词，听上去似乎离自己十分遥远，但仔细想想，这些人瞄准的医院甚至很可能就是我去做孕检时的那一家。这一来，恐怖袭击就不再与我无关，一种无端的恐惧油然而生。

　　"可是，信奉无差别出生主义的人实在是人渣。"

　　我抬起头，只见佳织一扫上一刻的温柔，变得神情可怖。她斜眼盯着前方虚无缥缈的一个点，喃喃道："这帮任性的家伙，根本不考虑孩子的心情，一心满足自己的感受。真是不可饶恕。"

　　我不知该说些什么，只好保持沉默。

　　我明白佳织为何会有这样的反应，因为她的父亲就是"这帮任性的家伙"之中的一个。

　　虽然不至于绝对禁忌，但有一个话题我总是尽量避免在佳织面前提起——有关她的父亲。

　　我不曾见过佳织的父亲，据说他的想法相当老套，即便法律允许了同性婚姻，他依然无意接受，坚持认为"那是违背自然的"。佳织上高中时出柜，父亲在盛怒之下大吼道："我可没这么教育过你！""你压根不该出生！"

　　佳织比我大一岁，出生时当然没有人询问过她的意愿。也就是说，她没有不出生的选择。那时候，掌握胎儿生死大权的是孩子的父母。孩子是父母决定要生的，父母却无法接受孩子原本的样子，在佳织看来，这毫无疑问就是父母的任性。因此，佳织痛恨自己的出生，也痛恨否认自己的父亲。既然接受不了就不该生下孩子，既然给了孩子生命就要接受他的全部——佳织认为，为人父母，必须有这样的觉悟才行。

幸运的是，母亲愿意站在佳织这一边。毫不夸张地说，多亏了母亲的接纳，佳织才能活到现在。那之后，父亲和母亲动辄围绕佳织的性取向争吵，最后在佳织大学的时候离婚。我认识佳织的时候，她还在用父亲的日本姓氏，父母离婚后，她向家庭法院申请，改随母姓。听说从此以后，佳织再未和父亲有过往来。

"那个男人不配为人父母。"

第一次向我阐明家里情况的时候，她如是说。"如果可以选择，我不想做那种男人的女儿。可惜我的出生与我的意愿无关。真羡慕彩华，你是自愿来到这个世界的。"

因此，佳织无法饶恕无视孩子的意见、硬将其生下来的行为。她就是所谓的强制出生的受害者，只是那时法律尚不完备，她父母的行为才不致犯罪。而那些巧言令色，打着"自然出生"的幌子想生下孩子，只在乎父母感受的无差别出生主义者，在佳织眼里更加恶劣。

"佳织，别担心。"

望着佳织神色黯淡地默默往嘴里扒拉米饭的样子，我想让她打起精神，于是尽量用明朗有力的声音说："我们赶上了好时代。现在有治孕吐的药，同性之间也可以结婚生小孩。分娩不疼，还能确认孩子的意愿。我保证会重视咱们孩子的意愿，我们一起给宝宝丰沛的爱，将她抚养长大。好让她不必拥有你那样的伤心回忆。"

听了我的话，佳织终于笑逐颜开，和我对望着，用力点了点头：

"嗯，我们说好了，一定要尊重孩子的意愿哦。"

※

一星期之后，河野部长递交了辞呈。

发表离职感言的时候，他说自己决定离开公

司，是因为有了新的规划。可大家都觉得，那不过是他在说场面话罢了。一个即将年过半百、一直干劲十足的人消失三个星期后，突然说自己有了新的规划云云，这也未免太诡异了。最重要的是，他犯强制出生罪的传言已经传遍了全公司。

河野发表完离职感言后，我和凛凛花在休息室站着聊了片刻。根据她得到的消息，河野好像果然因涉嫌强制出生罪被孩子告上了法庭。他的孩子今年十六岁，目前在上高中，最近刚刚失恋，陷入了失意的谷底。听说就在这时，孩子得知父母未经同意就将他生了下来，对无视自己意愿的父母怀恨在心，最终提起了诉讼。

"因为失恋？"

我不由得大声说。

"嘘！你声音太大了！"

凛凛花慌忙捂住我的嘴。

"抱歉。"

说话时，我的嘴被她捂着，发音听上去像是"哦嗯"。

"算了，反正大家几乎都知道了。我只是不愿意被当成传闲话的。"

凛凛花松开手，耸了耸肩。

我的震惊是有原因的：尽管当今社会已经理所当然地认为分娩前要征求孩子的同意，但受到童年失忆症[1]的影响，大多数孩子都没有胎儿时期的记忆。因此，被强迫出生的受害者往往要通过某些契机才能发现这一事实。并且在多数情况下，所谓的契机便是当受害者存在严重的身体缺陷、患重病或生活贫穷等面临严峻考验的时候。

遭遇这些困难，在人世间的辛苦挣扎难免会令孩子产生疑问：我真的是自己选择来到这个世界的吗？继而要求确认自己的"同意出生公证书"。同意出生公证书是证明父母在孩子胎儿阶段征求过其出生意见的证明，换句话说就是类似出生契约的东西。父母有义务在孩子成人前保管该证书，若孩子想要确认，必须立即向其出示。如果孩子提出确认要求时父母不能出示该文件，便有强迫孩子出生的嫌疑。

一般来说，多数父母的罪状都是在孩子怀疑自己出生时是否被征求过意见——也就是在孩子对自

---

1 指成年人无法提取两到四岁之前的情景性记忆，以及随着时间流逝，成年人对十岁之前的记忆提取可能会比想象中更差。

己的生命根基产生怀疑的时候被发现的。孩子遭遇了人生中的重大困难，进而想确认同意出生公证书。当然也有例外，譬如孩子在学校听老师讲了同意出生制度后，心血来潮地想确认自己的公证书，因此发现问题。但如果不是痛苦到想否定自己出生的事实，很难想象一个孩子会将父母以强制出生罪告上法庭。一旦提起诉讼，无疑意味着孩子从前不想出生，现在也不愿意再活下去。因为失恋这种小小的挫折就提起诉讼，是极其罕见的。

"可能是一场很痛苦的失恋吧，河野部长也怪可怜的。"凛凛花说，"明明再过四年，追诉时效就过了。"

强制出生罪的追诉时效在孩子成人之前，一旦成人，即使存在强制出生的事实，当事人也无法再控诉父母，因为法律认为他已经接受了自己的人生。[1] 不过，十几岁是一个人的一生中最不稳定的时期，也是最容易怀疑人生的时期，相对容易发现父母的罪行。大部分强制出生的事实，都是在孩子十二岁到十八岁期间被发现的。顺带一提，日本在

1　在日本，年满二十岁的人被视为成人。

举行成人典礼时，有父母将同意出生公证书转交给孩子的文化传统。我也在成人典礼上接受了父母的同意出生公证书，至今仍然珍藏着它。

"不过，孩子的父母强迫他出生，这本来就不对吧？"我说。凛凛花说加害者"可怜"，我听着很别扭。

"这个嘛，据说河野部长根本不知道这件事。"

"啊？"

听上去河野是被妻子欺骗，从而成为强制出生加害者的。他的妻子怀孕九个月，在医院确认孩子的出生意愿时，河野因为公务繁忙，没能和妻子同去。胎儿在确认时拒绝出生，然而，翘首期盼孩子出生的河野太太无法接受这个事实，毁弃了确认结果，对丈夫谎称得到了胎儿的同意。就这样，孩子出生了。十六年后，强制出生的事实终于露了马脚。

"这……骗人的一方当然不好，可轻而易举就被骗的那一方，恐怕也有点问题吧。"我说，"拿不到公证书的那一刻，不就立马败露了吗？"

"拒绝出生的概率很低，也许河野根本就没想着要看公证书。他大意了。"凛凛花说着耸了耸肩膀。

"有些男人确实容易觉得这种事与自己无关，因为生孩子是女人的事。"

"哇，河野八成就是这种男人。"

按照法律规定，在这种情况下，夫妻二人都会成为强制出生罪的被告。这次考虑到丈夫不知情，法院劝原告与被告和解，只要被告支付孩子的安乐死费用，即可免于刑罚。不过，河野部长自然无法继续留在公司，听说领导层也暗示他离职。没有以惩处的方式将他解雇，大概已经是公司能讲的最大情面了。

"他真是运气不好，虽然也不是完全没有过失。"

凛凛花轻轻叹了口气，然后又悄无声息地笑了："我们也要小心哦。好了，工作工作！"

说完这些，凛凛花一转身，飒爽地走出休息室，回到办公区。留在休息室的我感到一种牵肠挂肚又堵心的不适，不由得想要呼吸新鲜空气。打开窗，盛夏的阳光射进眼里，我忍不住背过脸去，闭上了双眼。

2

　　星期六的午后，新宿永远热闹非凡，充斥着路人来来往往的喧嚣。

　　晴空之上几乎没有云彩，白花花的阳光照遍了每一处角落。自动驾驶的空中出租车和快递无人机在天上飞来飞去，自动驾驶的私家车和出租车也在地面上匆忙地飞驰着。新宿 Alta 的大屏幕上正在播放偶像组合的全息影像音乐短片，短片之间会插播政府的公益广告——"拒绝恐怖袭击！反恐特别警戒施行中"。今天是轻松超越三十八摄氏度的酷暑之日，街上的行人要么将垂挂式的空调戴在脖子上，要么穿着可将身体周围气温调节至设定温度的空调服。除了行人，还有扫地机器人在街上四处转悠，一旦有人乱扔东西，它们立刻会冲过去，将垃圾捡起来。路边的喇叭里反复播放着一个严厉的男声，"根据规定，新宿区禁止使用揽客机器人，请不要跟着机器人",提醒人们注意。

我曾从报道中得知,空调服这类东西可能会加剧温室效应,所以我现在尽量避免穿着这类衣物。如果温室效应进一步加剧,生存难易度指数还会进一步提升。不过,我实在耐不住户外的暑热,给姐姐发了一条信息便走进室内:"我在 Alta 里面等你。"

没过多久,背后传来一个声音:"彩华?"回过头,五年未见的姐姐站在我面前。不过,姐姐不再是我记忆中没出过山梨农村的那副土气模样了,眼前的她身穿都市感十足的少女风时装,妆容也无懈可击。

"姐姐,好久不见。"我姑且问候了一句,"你怎么化妆了?"

"之后我有安排。"姐姐的声音和电话里的一样甜腻。

"……要见男人?不会是要出轨吧?"

姐姐和我不同,她是异性恋,五年前和一名男子结婚。

"不是啦。谁说化了妆就一定代表有男人了?"

姐姐抗议。她的话的确有道理,于是我保持

沉默。

"我们去哪里？你有选中的店吗？"

是姐姐将见面地点定在新宿的。

姐姐绽开笑容，唱戏似的使劲点头：

"嗯，有家店想让你和我一起去。"

"天蛮热的，我们打车去吧？"我提议。

姐姐却说"那家店就在前头"，说完便走到了阳光底下。没办法，我也只好跟上去。

姐姐明明没来过新宿几次，却装出很熟悉这一带的样子，熟稔地顺着人潮的节奏前行，步履轻盈。她走到巷子里也不查地图，蜿蜒曲折的小巷连在东京久居的我都可能迷路，她却毫不犹豫地一径向前。她所谓的"就在前头"其实有相当的距离，我撑着遮阳伞，汗水依然渗出皮肤，打湿了衣服。

就在我快忍不下去的时候，姐姐伸手一指："到了。"她踏上一段通往地下的楼梯。楼梯旁边的墙上挂着一块小小的木牌，上面写着店的名字："木兰"。

走下楼梯，地面的暑气销声匿迹，沁凉的空气将我包围。眼前是一家古色古香的咖啡店，斑驳的红砖瓦墙，很有质感的木桌椅，低矮的天花板上垂下几个马灯外形的灯盏，发出琥珀色的光。店内还设有吧台，也许到了晚上会改为酒吧，吧台后面摆着各式各样的酒瓶和玻璃杯，在灯下闪着钝重的光。

"欢迎光临。"

迎接我们的是真人店员，这年月，不用机器人的店家已经很少了。

"两位。"

姐姐边说边伸出两根手指比画着。

我在墙边的位置坐下，点了一杯热咖啡后，再次环视四周。店里没有电梯，也没有斜坡，想进店只得从刚才的台阶走下来。如今这样的店家也很少见了。如果店开在新建筑里，这种没做到无障碍化的设计就违反了《建筑法》的规定。从这一点上，也可以一窥这家店的历史。墙上装饰着好几张照片，是楚楚可怜的白色花朵。大概这种花就是木兰吧。星期六的午后，店里却光线昏暗，没有别的客人，有些冷清。

"原来姐姐对复古的东西这么有兴趣。"

若不是她将我带到这里，只怕我和这类店一辈子也没有缘分。

"在部分人之中，这家店很有名哦。"

"让我惊讶的就是，姐姐竟然属于'这部分人'。"

点的咖啡端上来了。我抿了一口，味道格外的好。我对咖啡没什么特别的研究，但这里的咖啡明显和那种咖啡连锁店整齐划一的味道不同，有一股复杂的醇香。

"好喝吗？"姐姐问。

我老实地点了点头。

"姐姐，你是怎么知道这家店的？"

"是朋友告诉我的。"

姐姐答话时，神情和声音像从前一样不慌不忙。如果是从杂志或网上看到的也就罢了，竟然是朋友告诉她的。姐姐的朋友之中，居然有人喜欢探访如此小众的店，我又一次感到意外。她们是怎么认识的呢？说起来，姐姐今天是来东京办什么事的？她说要见的人，又是一个怎样的人？疑问接二连三地浮上心头。

"所以说，你干吗突然把我叫出来？"

我想大概是时候切入正题了，便问道。

"好过分——！我只是想看看好久不见的妹妹，

却像是做了什么错事被你审问似的。姐姐我好难过呀。"

"我们五年都没见过了，你突然说想见面。如果什么事都没有，难道不奇怪吗？"

姐姐夸张又腻歪的说话方式令我不自觉地焦躁，我也加重了语气："姐夫没和你一起来吗？"

姐夫。饶是从口中说出了这个词，我仍然觉得别扭。这五年来，我们姐妹几乎没有任何往来，所以尽管从法律意义上，姐姐的丈夫算是我没有血缘关系的哥哥，但其实我们根本是毫无关系的陌生人，也只见过一面——还是在姐姐的婚礼上。对我来说，要叫这样的人姐夫，本来就是一件不可思议的事。而姐姐也从没见过我的妻子佳织。

可是，姐姐的反应却让我大吃一惊。她略微歪着头，仿佛不明白我在说什么似的反问：

"姐夫？"

"我在问姐姐的老公啊，你的老公！"

听了我无奈的回应，姐姐像是这才想起曾经有过这么一号人物，爽快地说出一句出乎意料的话：

"哦，我们早就离婚了。"

"啊？你们离婚了？什么时候？"

我吃惊地问。

"几年前就离啦，你不知道吗？"姐姐若无其事地说。她说话时的那副神情，倒像是在指责不知道这回事是我的不对。我不禁火冒三丈：

"姐姐，这件事是你没跟我说吧？"

我一抗议，姐姐就直勾勾地盯着我的双眼问：

"彩华，你想知道吗？"

姐姐有一双水灵灵的大眼睛，小时候，我就害怕她这双眼睛。她的目光并不锐利，可瞳孔过分清澈。和她对视时，我总觉得自己平常在人前藏起的丑陋与不完美清晰得毫发毕现，令我厌烦得很。我受不住这种感觉，本能地移开了目光。

"这么重要的事，主动告诉我也没什么吧。"

要问想不想知道，老实说，我是无所谓的。可我又不能那样说，于是半低着头嘟囔了那么一句。而姐姐只是漫不经心地歪头说道："很重要吗？"

我叹了口气，再次确认自己果然不擅长和姐姐相处。我们的交谈就像对牛弹琴，一和她说话，我的节奏就会被她打乱，整个人就会抓狂。

"彩华不也没和我说你的大事吗？"

姐姐这句冷不防的问话让我打了个激灵。抬起头时，她正隔着桌子注视我的腹部："几个月了？"

如此说来，我怀孕的事确实没有告诉姐姐。我并非有意隐瞒，而是不觉得有必要特意联系她通知此事。接受妊娠手术后，我姑且向母亲汇报了消息，姐姐想必是从母亲那里听说的。

"现在两个月。"

不知道为什么，我有些不好意思，下意识地用手捂住肚子。姐姐仍然目不转睛地盯着。

"彩华的伴侣是女性吧？你做了妊娠手术？"

"对。"

接受妊娠手术的孕妇，怀孕周数的计算方法是从手术当天起算胎龄，标准孕期为三十八周，比按末次月经计算胎龄的普通孕期短两周左右。

我点头后，姐姐没有说话，依然凝视着我的肚子，似乎陷入了深思。片刻过后，她感慨良多地笑着说：

"这样啊。彩华的宝宝也要出生了呢。"

"姐姐也——"

我将后半句话硬生生地咽回了肚子。我原本想说姐姐也快生一个不就好了吗，却想起她已经离婚了。

姐姐似乎不介意我的无心之言。

"你也会做出生意愿确认的吧？"她问。

"当然了。"我立刻回答。

"东京的话，很多医院都可以做吧。地方定好了吗？"

"还没。姐姐太着急啦，刚两个月而已。"

出生意愿确认的技术门槛较高，又要防止有人对公证书造假，所以只能在政府认可的综合型医院或大学附属医院做。即便是东京市区，能做出生意愿确认的医院也只有十多家，有些小地方可能只有一两家医院提供这项服务。多数情况下，妇产科医生会在八个月的孕检时给孕妇开具介绍信。

"也对哦。我也真是的，太着急了。"

姐姐笑着，不好意思地挠了挠头，"男孩还是女孩？现在也不知道吧？"

"姐姐说什么呢？两个女人生的小孩，当然是女孩子啦。"

双方均为女性的伴侣只有 X 染色体，生出的小孩必然是女孩。如果女性伴侣想要男孩，就需要男性提供精子或从精子银行购买。但在我认识的女性伴侣中，还没有那么想要男孩的。

"啊，对了对了。生物课上学过哦。"

姐姐挠着头，不慌不忙地笑着说。唉，她真是一点没变啊。我在心里自言自语。看着这样的姐姐，我有些无奈，却又有一种说不出的安心。

接下来，我们继续着无聊的闲谈。分别后，在回家的路上，我终于意识到：那些好奇的事我竟一件也没有问。我们对话的节奏大抵由姐姐主导，她来东京的理由和离婚的原因我都没抓住时机去问，到最后也不清不楚。但我也不愿分开后特意打电话去问，那些事本来就与我无关，我也就不再去想了。

※

"嗯，健康状态良好。"

医生一边看孕检报告，一边微笑着慢慢点了好几次头，"看来你很注意饮食嘛。"

"是的，精准无误。"

听到陪我一起来做检查的佳织活力满满的回答，医生便笑着揶揄我：

"立花小姐真是有一位好太太呀。"

我莫名地有些不好意思，错开目光，轻轻拍了拍佳织的胳膊。

怀孕以来，佳织大概是以我的专属营养师自居了。她看书、上网查了各种各样的资料，配合怀孕周数，每天都做饭给我吃。早饭和晚饭自不必说，她还会为我准备午饭便当。凛凛花最开始取笑我带"爱妻便当"的时候，我还不好意思，但现在已完全习惯了。佳织偶尔没时间做饭，我们去外面吃或点外卖时，她也会充分考虑营养的均衡搭配。有时候，我也会觉得好笑，认为她不用这么拼命。但有了佳织的帮助，我真的轻松了许多。

随着医疗技术的进步，现代社会已几乎不可能出现流产或死胎，但怀孕给母体带来的负担却依旧未变，医院鼓励孕妇定期接受体检。怀孕后，我每个月都要体检一次，今天是第三次了。

"继续努力，二位一定会生下一个和你们一样健康的女孩哦。"

医生说着将体检报告递给我，报告里记载着各项数值：身高、体重、血压、荷尔蒙浓度、血糖。医生说得没错，没有一个异常值。

接着，医生从文件夹中拿出一沓用订书器订好的纸，纸上印着密密麻麻的黑字。终于来了——看到那沓纸，我感到手心汗津津的。医生大略看了一眼，也将它递给了我。

"这个是生存难易度测定报告，立花女士是第一次测吧？知道怎么看吗？"

接过报告，我闭上眼做了个深呼吸，这才将目光落在纸上。身旁的佳织也探着脖子看我手里的报告。我能感受到，她的胳膊在微微颤抖。

※※※ 胎儿生存难易度测定报告 ※※※

报告编号：※※※※※

性别、年龄：女，28 岁

病历编号：※※※※※

测定日期：2075 年 10 月 21 日

产妇姓名：立花彩华

测定次数：第一次

出生年月日：2047 年 10 月 8 日

怀孕周数（妊娠手术后）：14 周

（以下略）

【胎儿基本信息】

国籍（预计）：日本

出生地（预计）：东京都※※市

（以下略）

【胎儿遗传基因信息分析】

生物性别：女

性别自我认知：8（男 1～女 10）

性别不一致倾向：未检出

性取向：3（异性 1～同性 10）

先天性疾病或残障：未检出

智力水平：110（标准值：70 以上）

容貌评价：120（标准值：70 以上）

（以下略）

【预计监护人 A 评价：综合】

经济状况：213（标准值：100 以上）

社会地位：276（标准值：100 以上）

智力水平：115（标准值：70 以上）

情绪稳定程度：125（标准值：70～225）

慢性病：无

残障：无

（以下略）

【预计监护人 A 评价：生活习惯】

饮酒频率：3（最小值 0~ 最大值 10）

酒精依赖度：1（最小值 0~ 最大值 10）

吸烟频率：0（最小值 0~ 最大值 10）

其他依赖症：无

（以下略）

【预计监护人 A 评价：价值观】

现实性：75（最小值 1~ 最大值 100）

伦理性：60（最小值 1~ 最大值 100）

艺术性：45（最小值 1~ 最大值 100）

灵活性：70（最小值 1~ 最大值 100）

支配性：40（最小值 1~ 最大值 100）

（以下略）

宗教倾向：135（标准值：100~200）

政治倾向：245（标准值：200~300）

（以下略）

【预计监护人 B 评价：综合】

（省略）

【外部环境评价结果】

生存难易度指数（日本）：45.5（最小值 10~
最大值 100）

生存难易度指数（世界）：57.9（最小值 10~
最大值 100）

【综合评价结果】

胎儿与预计监护人 A 匹配度：77（最小值 10~
最大值 100）

胎儿与预计监护人 B 匹配度：83（最小值 10~
最大值 100）

胎儿生存难易度：3（最小值 1~ 最大值 10）

胎儿同意出生概率（根据日本统计数字计算）：
97.8%

我跳过长达十几页的测定结果清单，确认了最
后的数字，终于松了口气，紧张的情绪得以缓解。
身旁的佳织也吐出一声放心的叹息。

生存难易度，是指评估将要出生的孩子即将度过的人生难易程度得来的数值。这个数字与胎儿的性别、性取向、国籍、出生地区、有无先天疾病和疾病的轻重程度、智力水平及才华的多寡、监护人的经济状况、社会地位，以及胎儿和监护人的匹配度等参数息息相关，是经过复杂的计算得出的。一般来说，有先天疾病的孩子会比没有先天疾病的孩子活得痛苦，监护人社会地位低的孩子会比监护人社会地位高的孩子活得痛苦。测定这些参数需要分析胎儿的遗传基因信息，目前的科学技术无法测量孕期不足十三周的胎儿生存难易度，所以今天是我第一次接受检测。

当然，各项参数对生存难易度的影响幅度会依时代变化而不同。女人比男人的人生痛苦许多，同性恋比异性恋的人生痛苦许多，这在几十年前的日本也是如此，但随着《歧视缓解法》和《平等推进法》等法律法规的完善，社会层面也产生了意识改革。如今，托这些因素的福，性别和性取向对生存难易度的影响没有以前那么大了。但放眼全世界，还有不少女性和同性恋者因地域或文化差异而承受着差别待遇，甚至遭到性命威胁。所以性别和性取向仍然是评估生存难易度的重要参数，尽管它们对生存难易度的影响已经不大，但仍会作为一项重要因素纳入考量。同样，虽然日本社会对先天性疾病患者或残障人士的歧视早已不复存在，但不可否认的是，疾病和残障必然会限制人生的选择。据说生存难易度会根据疾病或残障的种类和程度不同而剧烈变化。为了反映社会变化和世界局势，厚生劳动省[1]每三年便进行一次舆论调查，根据调查结果优化生存难易度的计算公式。

"第一次检查的误差是比较大的，不过随着胎儿的成长，精准度会逐渐提高。看上去，二位会成为很棒的监护人，孩子一定会放心出生的。"

医生带着温柔的微笑，看看我，又看看佳织，缓缓地点了好几次头。我和佳织对望着，朝彼此嘿嘿一笑。

在生存难易度的计算上，孩子和监护人的匹配度是重要的参数之一。想来这也是必然的——如果孩子和佳织一样是同性恋者，却出生在父母厌恶同

---

1 日本提供医疗卫生和社会保障的主要部门，主要承担国民健康、医疗保险、医疗服务、药品和食品安全、社会保险和社会保障、劳动就业、弱势群体社会救助等职责。

性恋的家庭，那对孩子和监护人来说都是不幸。遇到这种情况，胎儿和监护人的匹配度就是糟糕的，生存难易度数值会猛地提升，同意出生的概率也会相应降低。若想降低胎儿的生存难易度，监护人必须重新树立自己的价值观。

为了准确测定胎儿与监护人的匹配度，胎儿和监护人都必须接受测试。测试会检验监护人的生活习惯、价值观、政治观、宗教观等多方面因素，将其数字化。如果监护方在价值观等方面有明显的倾向，胎儿的生存难易度也很可能会提高。

此外，国内和世界的生存难易度指数也会影响个体生存难易度的数值。生存难易度指数是衡量治安、社会发达程度、地缘政治风险、战乱、大规模破坏性武器的持有数量、气候、环境等多方面因素之后，综合体现国内和世界生存难度的指数。每年由厚生劳动省公布日本的指数，由专门的国际组织公布世界平均指数。近年来，受到气候变暖、异常天气、环境破坏等方面的影响，世界的生存难易度指数年年攀升，国际组织每次公布上调后的指数都会成为重大新闻。幸运的是，政府一直努力打造"适合所有人生存"的社会，因此和世界普遍情况相比，日本算是一个宜居的国家。据说随着海平面上升，一些近期可能被海水淹没的国家的生存难易度指数已经迫近一百，几乎没有胎儿同意在那里出生。还有专家认为，世界生存难易度指数超过八十的那一天，就是人类灭亡的开始。

"现在日本整体的同意出生概率如何？"

我把想到的问题抛给医生。

胎儿的生存难易度最终被评定为从一到十的十个阶段，"一"是"非常容易生存"，"十"是"活着极为痛苦"。胎儿九个月后，医院通过特殊装置将这一数值告诉胎儿，进行出生意愿确认。"你大概会拥有生存难易度为三的人生，愿意出生吗？"——大概就像这样。这一数值是胎儿决定是否出生的唯一判断标准。有批评意见认为，只凭一个数字就让胎儿做如此重要的决定，未免太残酷了。但胎儿对这个世界还没有任何认知，实在难以向其传达更多信息。

当然，基于上述因素计算出的生存难易度也有不完备之处，意外的事故、疾病或自然灾害等无法预测的未来事件产生的影响无法纳入考量。即便如此，从全人类的角度来看，这些因素造成的影响仍然很小，以至于可以算在误差范围之内。诸多社会学、经济学、人类学和生物学的研究已经证明，现代社会中，决定人类生存难易度的大部分重要因素都由遗传基因编码和社会相互作用、经济状况、社会地位等可测定的参数构成。

"这个嘛。"

医生咔嗒咔嗒地敲击键盘，在电脑屏幕上调出一份统计表。

"根据日本的统计数据，生存难易度为五的时候，同意出生概率为百分之九十五。也就是说，一百个胎儿中，有九十五人会选择出生。即使生存难易度为七，同意概率仍然高达百分之七十哦。不过，难易度上升为九的时候，同意概率还是会下降到百分之二十五。"

我想起自己那份同意出生公证书中的数字。我没有先天性疾病或残障，也没有突出的智力水平，父母是达到平均水准的日本人，生存难易度是四。即便如此，我还是在人生中历尽了形形色色的挫折，不曾觉得活着多么容易。如果某个人的生存难易度为五，就意味着他将度过比我更痛苦的人生。但即使这样，仍有百分之九十五的胎儿选择出生。生存难易度为七时，同意出生率仍然有百分之七十。明知道人生不会过得轻松，孩子们还是想来到这个世上。想到这些胎儿如此勇敢，我的鼻子不由得一酸。

"但即使生存难易度为一，还是有胎儿拒绝出生吧？"

佳织突然在我身旁提问。

"此话不假。每个人的性格、人格都不相同，胎儿也和我们一样。有的胎儿勇于接受挑战，即使人生艰难，仍想来世上一遭。相反，也有无论如何都害怕出生，一味拒绝降临人世的胎儿。还有的胎儿性情不定，没有特别的理由，就是有时候拒绝、有时候同意，让妇产科医生也很难办。"

佳织不说话了。或许是看穿了她的不安，医生语气沉稳地安慰道："别担心，要不要出生都是胎儿的意愿。监护人的职责就是珍惜腹中的胎儿，守护他们的成长，尊重他们的意愿。只要做父母的做到这些，胎儿也一定不会辜负你们的期望。"

"是啊，佳织。别担心，一定没问题的。"

我紧握着佳织的手，把这句话说给她听，也说给自己听。一定没问题。百分之九十七点八的同意出生概率哪会那么轻易就落空呢？佳织也紧紧地回握了我，她柔软的肌肤让我感到温暖和内心的坚定。这比报告书上的数字更让我放心。

结账后，我和佳织手拉着手走出诊所。秋分早就过了，可气温仍然很高。走到户外的瞬间，热气从正面袭来，裹住了我的全身。

"好热。地球到底是怎么了？"

佳织把手挡在额头上，边遮阴边说："这世界如此乱套，孩子们竟然还都想出生。是我的话就算了，绝对算了。"

"日本还算好的了。听说有的国家因为沙漠化或热气流严重，几乎要无法居住了。"

"也是哦。"佳织莞尔一笑，问道，"怎样，要打车回去吗？"

这家诊所开在离家最近的车站前头，步行到家要二十分钟。走回家也不是不行，但佳织大概是体谅到我的辛苦，说在大太阳下走路身体的负担太重、对孩子不好什么的，总是为我打车。我平时都恭敬不如从命，但今天第一次拿到生存难易度测定结果，我情绪激动，说不上为什么，想散步回家，并顺道转一转。

"我们走着回去吧，我想去商业街随便走走。"

"啊——这么热还要逛街？"佳织不情不愿地嘟囔着，但还是顺了我的意。我拿出遮阳伞撑开，佳织也挤了进来。

耳边传来一阵吵嚷声。顺着声音的方向看去，一队示威游行的群众正拐过商业街的街角，走向车站前的大马路。

那支队伍由十几个人组成，警察和警卫机器人开道，一面喊着什么口号一面前进。等人群走近了一看，我发现参加游行的人几乎都是女性，打头的三个人扯的横幅上写着："享受孩子自然出生的喜悦！立即废止虚假的同意出生制度！"其他的游行者也各自举着标牌："生命不需要审查""顺应自然法则""生孩子无罪"，等等。队伍经过我们所在的妇产科诊所门口时，走在前头的那个领袖模样的人不知喊了句什么，所有游行者面朝诊所，做出大拇指朝下的手势，劈头盖脸地骂道：

"人渣！"

"国家权力的走狗！"

"快醒醒吧！"

"要点脸吧！"

"不要夺走别人的生命！"

"这些人这么喜欢顺应自然，干脆脱光衣服回丛林算了。"望着游行队伍远去，佳织冷笑着说，"越是动不动叫嚣着顺应自然、尊重生命的人，就越是无法离开现代文明而活，越想把自己的欲望强加于人。"

想起在新闻里看到的那些拥护自然出生主义的新兴宗教团体，我也不由得隐隐作呕："这帮人，难道意识不到自己是犯罪预备军吗？"

"无论什么年代，都有愚蠢的保守派，以自然、传统、道德等为幌子，试图摒除不合自己心意的东西。以前也有这种笨蛋啊，说什么同性恋不合传统、堕胎违反自然造化、男女平等是违背伦理的妄想。"

佳织收集了很多旧杂志、报纸、文艺作品做资料，对过去的事颇有了解。这和她平时写小说也有关系。如她所说，接受新事物之前首先表现出抗拒，或许是人类的天性。当年日本研判是否要引入同意出生制度的时候，社会上似乎也出现过形形色色的反对意见，认为该制度违背生物的自然规律就是具有代表性的意见之一。自然究竟为何物？对人类来说，随时与相隔数千数万公里的人对话、让聚合千亿个肉眼不可见的微型集成电路的机器人为自己效力、以超音速飞越长空已经是家常便饭。我虽然搞不清楚，却本能地认为，自然于人类早已是遥不可及的存在。

除此以外，质疑出生意愿确认技术准确性的；认为仅凭生存难易度一个数值，便强迫对世界一无所知的胎儿做出重大的决策、表示出生意愿的行为违背了伦理纲常，从而对胎儿表态的有效性持怀疑态度的；担心该制度会有损监护方的性与生殖健康及权利[1]的……五花八门的意见满天飞，似乎每个都很像那么回事，引发了各个领域的激烈争论。其中也不乏一众阴谋论者煞有介事地蠢蠢欲动：主张该制度的引入是国家基于优生思想筛选国民的，认为测定生存难易度的真正目的是掌握国民价值观和政治观的，等等。同意出生制度引入近三十年后的今天，仍有相当数量的反对派存在，但他们已不具

1　性与生殖健康及权利（Sexual and Reproductive Health and Rights）：指跟性和生殖有关的人权。它总共混合了四个概念（性健康、性权、生殖健康以及生殖权利）。

备撼动政治的力量。人们往往会在提到这项制度时，以一句"不过，也有持这类看法的人"作结。

我只能通过教科书和旧杂志、旧报纸了解这场三十多年前的舆论纷争，老实说，我也说不清怎样的观点是对，怎样的观点是错。只不过，每当亲眼见到主张废止同意出生制度的人，我都本能地感到厌恶和恐惧。这群男女不觉得仅凭监护人的一己之见决定孩子的生死有什么问题，他们无视孩子的意愿，若无其事地强迫孩子领受必然会与生老病死的痛苦为伴的、几十年都无法逃脱的人生。我想我无论如何也无法和有这种道德观的人相互理解，在我看来，这群男女的呼吁和嚷嚷着要废除杀人罪没什么两样。

"还是打个车，早点回家吧。"

我已经没了去商业街闲逛的兴致，只想尽快离开那里。一股不同于孕吐反应的呕意涌上喉咙，我按着胸口，竭力忍受。

"是啊，回家吧。我们早点回家，好好休息。"

佳织说着抬起手，叫来一辆刚好路过的出租车，牵着我的手，和我一同坐进车里。

3

十一月的一个夜晚，已经休产假的凛凛花打来电话。手机铃声在晚饭后响起，佳织正在自己的房间工作，我也在房间里用按摩机器人按摩我疲惫的双脚。

"想拜托你帮个忙。"凛凛花的语气迟疑，没有平时的爽利劲儿，听上去有些阴沉。大概是预产期将近，身体不适吧？我边想边问：

"怎么了？"

凛凛花沉默了。片刻过后，才犹犹豫豫地道出自己的诉求：

"下个星期三，我终于要给孩子做出生意愿确认了。"

"就快到日子了呢。"

凛凛花的预产期是十二月中旬。

"我家那位突然要出差去美国，还非去不可——"

我沉默着等待她接下来的话，大概明白了她的意思。

"一个人去做出生意愿确认，我实在太害怕了……"

"你想让我陪你去？"

凛凛花什么也没说，但沉默已经代替了她的回答。我悄悄叹了口气：

"出生意愿确认不能改日期吗？"

"他整个十一月都在国外。"凛凛花无精打采地说。

"话说，"我实在忍不住，说出了心里话，"他为什么明知道做出生意愿确认的日子近了，还要安排海外出差？他是不懂这件事的重要性吗？这不是定期孕检，而是正式的出生意愿确认，是孩子决定是否出生的重要仪式啊！"

"他当然懂啊——"

也许是不希望别人说自己丈夫的坏话，凛凛花语气强硬地辩解道："但他说那个项目非常重要，和仕途密切相关，无论如何也不能推掉。他说了，生产的时候一定会陪我，但出生意愿确认希望我自己去做。"

我又一次暗自叹气，心想，就是因为这样，男人才要不得。我深知自己有偏见，但还是免不了经常可怜异性恋的女人。为了孕育生命，女人可谓是名副其实地献出了自己的身体，全身心地投入。可对男人来说，天平的另一端总是挂着一些别的什么。身体里住着一个生命到底是怎么回事，这一点，男人们恐怕永远无法感同身受地理解。

最近，我开始感受到胎动了。有时是一段微弱的持续震动，"噗叩、噗叩"的，像是宝宝在轻轻敲门，有时则是"咚咻"一下猛地踹上一脚。生命的信号在薄薄的肚皮之下，从身体里传递到我的意识。每当此时，我都真切地感到，这身体不只属于我自己，还有一个生命借住于其中。一个容器里，栖居有两个灵魂。虽然这另一个灵魂还小而柔弱，但已经会在我的身体里收缩或伸展手脚，会翻身，偶尔还会打嗝。想到她做这些事的模样，满溢的怜爱几乎要将我的心淹没。而男人顶多是旁观者。他们根本不懂这些，也无法感受孕育生命的幸福和怀孕给身体带来的不适，无法感受平日里如潮水涨落般浮动的荷尔蒙浓度在妊娠作用下像海啸般朝身体袭来的冲击。无论是河野部长，还是凛凛花的丈夫，假如他们真的明白怀胎十月的分量有多重，就不可能缺席出生意愿确认这一重要的时刻。

"好吧，我陪你去。"

虽然凛凛花嫁了一个不中用的丈夫，但我不愿让她一个人去，于是决定陪她同行。"把时间和地点告诉我吧。"

T大学附属医院是东京主要的综合医院之一，也是政府指定的出生意愿确认医院。

患者和护士们在明亮而干净的走廊里匆忙地来来往往，院内略微有些嘈杂。不时能见到因找不到该去的科室而在大楼里彷徨的高龄患者，身穿病号服、挂着点滴移动的住院患者，还有底部带着滚轮的医疗机器人，不明用途，四处游走。

凛凛花和我来到检查大楼，在出生意愿确认检查室外面的候诊区等待叫号。平时性格开朗的她死守着沉默，一味低头凝视自己十指交握的双手。

"肯定没问题，别担心。"

我搂过她的肩膀轻轻摩挲着，希望多少能消解一点她的不安。

在医院见面后，凛凛花先到妇产科诊室接受问诊，测了身高、体重、血压等一系列身体基本数值，又重新确认了最近几次的"生存难易度测定报告"，然后取了"出生意愿确认检查预约条"，前往检查大楼。那时候，凛凛花还笑得和往常一样灿烂，说话时语气轻松活泼。可一在检查室的候诊区落座，她那强打的精神就不知跑到哪里去了。我坐在一旁，也能明显感觉到她的紧张。

"同意出生的概率很高的，一定不会有事。"

安慰归安慰，我很理解凛凛花的不安。最近一次的孕检结果表明，她小孩的生存难易度数值是四，同意出生概率为百分之九十六。照常理推断，这个数字没那么容易被推翻，但即使如此，也意味着一百个胎儿中会有四人拒绝出生。如今的日本每年大约有六十万名新生儿出生，假使不考虑生存难易度，按照百分之四的数值单纯做个计算，也会得出有两万五千人拒绝出生的结果。没有任何人能保证自己腹中的胎儿不是那两万五千人中的一员。对男人来说，"百分之九十六"仅仅是一个简单的数字，表示同意出生的概率很大；可对于母亲而言，它是一种无法忽视的、确凿的可能，意味着花费九个月的心血终于在自己的身体里养大的胎儿，可能会拒绝在自己的身下出生。凛凛花的丈夫能轻松地将出生意愿确认一事抛在脑后，安排去国外出差，恐怕就是不理解这些感受。

实际上，坐在候诊区的孕妇们，脸上浮现的都是同一副紧张的神情。也许大家都想到了藏在同意出生概率背后的那种消极的可能。叫下一号的提示音"叮咚"响起时，即使知道还没轮到自己，人们还是会惊慌地抬起头，望向检查室门外的屏幕上闪烁的号码。

而那些陪在孕妇身旁，大概是其配偶的男人，则多少都有些漫不经心，仿佛那紧张的气氛与自己无关。我不由得展开了想象：如果检查结果表明胎儿拒绝出生，他们会对自己的妻子说些什么？"这次真遗憾啊，好了，下次再加油吧。"——也许会这样说吧。

"我去买点喝的吧，你想喝什么？"

我问凛凛花，似乎还有一段时间才轮到她的号码。"白水就行，谢谢。"她自言自语般虚弱地回答，于是我说："好，在这里等我哦。"说完，我起身去了医院地下室的小卖铺。

拿着两瓶水返回候诊区的路上，远处似乎发生了骚动。我好奇地朝声音传来的方向走去，便看到了那一幕情景——层层叠叠的人墙围在综合服务台附近的电视前，所有人的目光都牢牢地盯着屏幕中的画面。不仅如此，身穿制服的护士和套着白大褂的医生等医务人员都步履匆匆地走来走去，不停地对着手机说话，神色恐慌。

由于现场水泄不通，我看不清屏幕，但知道电视里在播放新闻，于是掏出手机上新闻网站查看，很快便知道了骚乱的原因。

就在刚刚，东京都内主要综合医院之一的S国际医院遭遇了爆炸式恐怖袭击。爆炸导致医院的六栋建筑中包括主楼在内的三栋建筑部分毁坏，伤亡人数目前尚未确定，但预计已有包括员工和住院患者在内的数百人死亡。S国际医院是出生意愿确认的指定医院之一，警方认为，多条线索表明这可能是主张无差别出生主义的新兴宗教团体天爱会发起的恐怖袭击，将在此基础上展开搜索。

怎么偏偏是今天——看到新闻的瞬间，我想，不能让凛凛花知道这件事。她本来就紧张得不得了，要是再知道这次恐怖袭击是冲着同意出生制度来的，肯定会受到更大的刺激。听说做出生意愿确认的时候，母亲的精神状态会影响到胎儿的出生意愿，所以我无论如何都想对她保密。

然而，已经来不及了。回到候诊区时，原本因紧张而沉寂的气氛已经被另一种不同的紧张情绪替代，人声嘈杂，大家的表情中明显流露出犹豫、不安和混乱。有些人交头接耳地说着悄悄话，有些人用手机通话，有些人情绪爆发哭个不停，还有些人以手掩口，可能是不太舒服。负责检查的护士和一个应该是检查技师的职员神情凝重，不知在窃窃私语些什么。检查是暂停了吗？屏幕上的号码还是我离开时的那个。凛凛花依然低着头，但面色苍白。

"凛凛花，喝水。"

我边说边把瓶装水递给她，她默默接过来，却没有要喝的意思。

"别多想新闻的事，那样可能会影响宝宝的出生愿哦。"

即使我这样说，她还是苍白着脸没有反应，也不知道有没有听见我的话。

我叹了口气。

"我知道你很受刺激，但也要为孩子想想啊。"

同为女人，而且同样怀有身孕，我很理解她受到的冲击——这世上有一群人不确认出生意愿就强迫孩子来到这个世界。他们认为生命是可以被随意强加于人的，并为了推行这令人毛骨悚然的主张，无情地夺走数百人的性命。他们偏偏又选在今天推行这一主张。如果恐怖分子的目标不是 S 国际医院，而是我们所在的 T 大附属医院，此时此刻，我们或许已经成了尸体。想到这些，受刺激是极其正常的事。

可是，凛凛花说的话却出乎我的意料。

"彩华，你听我说。"

凛凛花低着头，自言自语般地喃喃着。我从没听过她那样恍惚的声音，仿佛是看到了某种浮在半空的幻象，被夺去了心神似的。

"听说恐怖袭击的新闻时，有那么一瞬，我觉得：啊，太好了。怎么说呢，我在那个瞬间，感觉自己得到了自由。我确实很羡慕他们——那些恐怖分子。"

这突如其来的倾诉令我词穷。

凛凛花继续说道：

"紧接着，我就厌恶了有那样出格想法的自己。但确实有那么一瞬，真的只有一瞬，我听到了自己内心的声音：要是没有同意出生制度这玩意儿就好了。那群人没有做错，错的是我们。我希望他们继续大显身手，逼得政府不得不废止制度。这就是我的心声。只要那制度不复存在，我就不用像现在这样担惊受怕地做检查了。"

"但是，这只是为人父母的自私啊！"

听到我情不自禁地反驳，凛凛花抬起头，凝视了我一会儿。她的眼神中是我从未见过的悲伤。

"这个我当然明白。所以我才讨厌自己，责备自己真是不配为人父母。但我又想，哪怕会成为没出息的父母，我也想把这孩子生下来、也希望他能来这个世界。"

凛凛花说完这些就又低下头，然后再也没说一句话。

我为自己刚才的话而后悔。即使那些话都是对的，我也该多多体谅凛凛花的心情。眼下她本来就很脆弱，还要被我用这些多说无用的、过分正确的话鞭笞，实在是太可怜了。

没有谁是完美的。谁都知道杀人不对，但想必每个人也都有过痛恨某个人、恨不得他消失的欲望。这种被称为杀意的情绪有时会苛责我们，让我们心里产生毫无办法的痛楚。同样地，每个人也都会有"产意"：一厢情愿想要生下孩子，想赋予腹中的孩子生命的意志。这是一种极其寻常的感情。说到底，人类天生就想随自己的心意操纵他人，杀意和产意不过是这种本能愿望的表露。当然，有这种情绪和实际去执行，是有很大差别的。我想，凛凛花应该也不可能真的想要强迫孩子出生，真的希望同意出生制度消亡。

"对不起哦，我的话说得太重了。"

我向凛凛花道歉："你是个好母亲，你的小孩一定会同意出生的。总之现在最重要的是让情绪稳定下来，别想太多。"

听了我的话，凛凛花露出虚弱的笑容，缓慢地点了两次头。然后，她打开瓶装水的盖子喝了一口水，脸色也比刚才好了一些。我终于松了口气。

过了一会儿，检查重新开始，继续往下叫号。大概是工作人员收到了上级的指示，不能因为其他医院发生恐怖袭击，就连自己的业务也要终止。终于轮到凛凛花了，我们在护士的带领下走进检查室。

检查室里摆着电脑和几台看上去很昂贵的医

疗器材，屏幕上显示着许许多多看不懂的数值。屋子里也有熟悉的妇科检查台，用帘子围出一个隔间。走进房间，一个大概四十多岁的女检查技师坐在桌子后面望着我们，确认进屋的是两个人后嘟囔了一句"另一半也陪着来了啊"，目光又转回电脑屏幕："可是这病历里写着，另一半是男性……"

"啊，不好意思。"我慌忙回答，"我是她的朋友，她的另一半有事来不了，我就陪她来了。"

"原来是比老公更靠得住的朋友啊。"技师又自言自语似的嘟囔了一番，然后说，"请坐。"我们照她说的坐在椅子上，听她讲已经听过好几次的检查说明。

出生意愿确认首先根据最近几次的生存难易度测定结果，套用固定公式取加权平均数，算出供胎儿确认的最终数字——也是从一到十的某个阶段数字。然后将这个数字和确认语句"你愿意出生吗？"一起，用普遍语法翻译成胎儿能够理解的编码，用特殊仪器将编码转化为生物电流转达给胎儿，确认其出生意愿。仪器是内窥镜似的细长形状，将其放入阴道直接接触胎儿，释放电流进行确认。为了尽量避免仪器的动作误差、信息传达误差和胎儿情绪浮躁等不确定因素，总共要做三次确认。如果三次都得到相同结果就予以采纳，如果结果不一致就改天复检，复检仍然不一致就视为胎儿同意出生。

检查前要经过本人确认和一系列身体状况确认，全部结束后，凛凛花和孕检时一样换上检查服，躺在妇科检查台上。护士拉上帘子，凛凛花隔着帘子握住我的手，那手微微发颤，我急忙用双手裹住。虽然看不到帘子里的样子，但听着检查台启动的声音、看着技师的动作，我知道检查正在进行。"现在放入仪器哦。""好的，请放松。""会有一点点刺痛哦。"技师一边提示，一边小心地操纵仪器，推进检查。医疗器材的屏幕上不停地飞过一串串程序代码似的复杂编码，技师看着屏幕，时而点头，时而歪头。

"好——检查结束。辛苦了。"

不到十分钟，技师便离开了检查台。凛凛花换自己衣服的时候，技师用电脑打印了一些内容。印在那张纸上的，当然就是检查结果。

如果一次性得到出生意愿确认的结果，并且是"同意"的话，之后去妇产科看诊时，有资格的医生就会成为公证人，颁发同意出生公证书。万一胎儿拒绝出生，就要做取消出生手术，手术可以当天预约，如果孕妇需要调整情绪或和配偶商量，也可以日后通过电话或网络预约。

凛凛花回到我身旁的椅子上坐下，虽然没有身体接触，我还是能感到她全身都在发抖。揭晓答案的时刻就要到了：在自己的体内成长了九个月的生命究竟是会同意出生，还是拒绝来到这个世界、希望消失呢？

技师递上检查结果报告，微笑着说：

"恭喜您。"

我的目光落在那张纸上，三次出生意愿确认的结果都是"同意"。看到这份报告，凛凛花终于放心地发出一声长叹。

"你看，我就说嘛，一定没问题的。"

我紧紧搂住凛凛花，献上我衷心的祝福："恭喜。"

"谢谢你，彩华。真的谢谢你。"

凛凛花也搂着我说。看上去，她是真的很幸福。

一个月后，在临近圣诞的一个寒冷的夜晚，我得知凛凛花生了一个健康活泼的男孩，母子平安。

※

冬天的寒冷，会让人忘记地球正在逐渐变暖的事实。

当然，和几十年前、一百年前相比，平均气温还是升高了好几摄氏度。尽管现在的东京已经根本不会下雪，但冷就是冷。

圣诞节过后，年关就到了。我那一直不太明显的肚子突然开始显怀，大到谁都能一眼看出我是个孕妇的地步。

我没有回老家的习惯，但佳织和我不同，每年都要回横滨的老家和母亲一起过年。可今年她没有回家，决定陪我一起过。

"你肚子这么大，肯定也很不方便。"佳织说。

"我现在还能自己来的。真是的，你也太能管闲事啦。"

话虽这么说，但佳织的一片心意我很受用。

也许是因为我们合拍，也许是因为双方都性格沉稳，在我的记忆里，相识将近十年，我和佳织从未有过一次像样的争吵。当然，也有过好几次因为对方的生活习惯或言行中的细节不如意而产生矛盾的时候，但每次只要有一方不高兴，另一方立刻便会妥协、抚慰对方。我们的角色分工并不固定，也正因如此，关系才保持着绝妙的平衡。

这是我们认识后一起度过的第一个新年连休，一切都很开心。佳织说要去买衣服，于是我们来到市中心的商场，买了好几件衣服迎接新的一年。要不了多久我就得穿孕妇装，这次索性一起买了。心急的佳织甚至想买婴儿服和婴儿车，我说现在买这些实在太早，阻止了她。不过，看到她和我一样期待着宝宝出生，我打心底里觉得高兴。新年第一次参拜神社时，我们抽了签。佳织的是吉，我的是大吉。

每月一次的孕检也很顺利。尽管各项参数会有细微的变化，但算出的生存难易度指数不是三就是四，同意出生概率也一直维持在高水平。尽管一直看不到孩子的脸，但她确实在我的体内逐渐长大。只消想象一下和她初次见面的场景，我都会每天心神不定，坐立不安。

不速之客找上门来，是二月中旬的一个没有月亮的晦暗夜晚。

看不出春天端倪的严寒仍在持续，开着空调暖风窝在房间里的时候，门铃突然响了。

佳织以嘉宾身份参加一场对谈活动，不在家。我以为是送快递的机器人，观察智能门铃的显示屏，站在门外的却是一个活生生的人，帽檐压得很低，我看不见她的脸。

这个形迹可疑的人引起了我的警惕，我本不打算理会，但门铃再次响起。与此同时，敲门声响彻了房间的每一个角落。再这样下去邻居会好奇的，我拿着手机走到门口，如果情况不妙，打算立刻报警。

"哪位？"

问话时，我提高了嗓门。

没想到外面传来了一个熟悉的声音：

"彩华？"

是姐姐的声音。

"姐姐？"

我再次确认，然后听到了她的回应：

"彩华，开开门。"那声音不同于以往的甜美，带着几分忐忑，但的确是姐姐的嗓音。

打开门，姐姐穿着卡其色的双排扣大衣站在我面前，藏在帽子阴影下面的脸上有几分焦灼的神色。

"怎么了，这么突然？"

我一边问，一边姑且请她进门。姐姐和去年夏天见面时一样化着浓妆，但厚实的妆容遮不住她糟糕的脸色。她摘下帽子，头发也是乱蓬蓬的，眼角带着泪痕，似乎是在寒风中跑来我家的。

我让她坐在起居室的沙发上，泡了一杯温热的红茶，和砂糖罐一起端到她面前。

"好容易来一趟，至少喝杯茶吧。不过是无咖啡因的。"

姐姐在红茶里放了许多砂糖，缓慢搅拌后喝了一口，似乎终于恢复了平静，微笑着说："彩华，谢谢你。"这个微笑却给我一种强颜欢笑的印象。

"姐姐，既然要来，事先好歹告诉我一声吧。"

"抱歉，我把手机丢了。"

"手机丢了？试过丢失查找功能了吗？有没有问过警察？"

"算啦——买个新的就好了。"

"在哪里丢的？电车上？"

"这个不记得了。"

我叹了口气。姐姐到底是个不拘小节的人。

"那今天怎么来得这么急？有什么事吗？"

姐姐没回答我的问题，只是沉默着伸出手，轻抚我已经浑圆的肚子。

"彩华的小宝宝在这里面呀。已经八个月啦，再努把力就好了。"

我坐在姐姐身旁，任她抚摸。"嗯，八个月了。"

"预产期是什么时候？"

"四月中旬。我三月开始休产假。"

"这样的话，下个月就要做出生意愿确认了吧？要去哪里做？"

"T大附属医院。"

有了陪凛凛花做检查的经验，我和佳织商量后，决定也在这家医院检查。介绍信已经请诊所的医生写好了。"姐姐干吗问这个？想给自己生小孩时做参考吗？"

可是，姐姐又一次跳过了我的问题。虽然被她牵着鼻子走是常有的事了，可这次似乎和往常有些不同。姐姐表情略微阴沉，把茶杯放在桌上，目光落在双腿之间，陷入了沉默。这气氛显然和往常不同，即便如此，我还是受不了她这种磨磨唧唧的态度，逼问道：

"喂，别老沉默，说几句话嘛。哪有这样不打招呼就跑到别人家里来的？"

终于，姐姐仿佛下定了决心，猛地抬起头盯着我，那目光几乎要将我贯穿。我也迎击般地回以凝望。

"彩华，你听我说。"

姐姐的声音完全不像往常那样带着从容不迫的甜腻，而是充满了走投无路的紧张，就像绷紧的钓鱼线，一碰就会断。

"我不想让你去做出生意愿确认。"

还在想姐姐到底要说什么的我，立时就被这远远超出预期的突兀要求搞蒙了，一时间说不出话。同时似乎也明白了她特意不打招呼跑来我家的原因——原来就是要和我说这个？我原本就搞不懂姐姐平时在想些什么，所以无论她说出什么，都不会觉得惊讶。想来姐姐应该一直惦记着我的孕期，算好了时间，才赶在我要做出生意愿确认的前一个月来找我。佳织参加活动的消息是在网上公开的，她很容易就能推测出这段时间只有我一个人在家。

"你说什么？我不明白你的意思。"

我试着义正词严地拒绝，但姐姐不愿退让：

"就是字面意思。我不希望彩华去做出生意愿确认。"

我再一次定定地凝视姐姐的脸孔。以前总是她先错开视线，但这一次，她却毫不胆怯地回望着我。

这小孩互瞪似的行为实在是有些尴尬，我先撇开脸，叹了口气：

"我说，姐姐啊，你知道自己在说些什么吗？"我循循善诱地对她说，"如果不做出生意愿确认就将孩子生下来，就犯了强制出生罪。这是犯罪行为。你现在是在教唆我犯罪啊。"

"强制出生是亲告罪，只要孩子不起诉，你就不会被惩罚。"

"就算不会被惩罚，犯罪毕竟是犯罪。姐姐这番说辞很奇怪啊，你这样不正常啊。"

我不由得提高了音量。姐姐也许是害怕了，不再说话。

大声吼了姐姐是我的不对，可我到底无心向她道歉。我又叹了口气，轻声嘟囔道：

　　"而且那么做的话，孩子就太可怜了。"

　　然后，我们谁也没有说话，片刻的静默从两人之间淌过。我仍然不悦地偏着头。

　　过了一会儿，姐姐先开口了：

　　"彩华，你经常叹气呢。"

　　"那是因为我太惊讶了。"

　　"有必要这么惊讶吗？"姐姐的问话像喃喃的自问，声音小到几乎消散在空气中，"想让耗费十个月孕育的孩子平安无事地出生，至于这样奇怪吗？"

　　"这当然谁都想了，可我们争论的不是这个吧？问题的关键在于尊重孩子意愿的重要性啊。"

　　"虽说要尊重，也只有人类会做出生意愿确认吧。这完全不符合自然规律，其他动物就不会做这种事。"

　　"所以人类才和其他动物有区别啊。长久以来，人类用道德、法律和人权观念束缚了捕食、交尾、繁殖等动物本能，才能从弱肉强食这一残酷的自然法则中挣脱。这就是生而为人该做的事啊。"

"以前的人也不会这样做。我出生的时候根本没有这种制度。"

"那你是觉得以前是对的，现在是错的喽？以前的人会把聪明的女人当作魔女处刑，男人结婚后还会把女人当成自己的物品，随意殴打、杀戮、抛弃呢。同性恋者还被视为罪人、病人，不被允许结婚，遭受很过分的对待。人类在漫长的时间中逐一改正了过去的错误，终于走到了今天。这是只有人类才能完成的演化，姐姐难道要否定它吗？"

托佳织的福，我对过去的事了解得也比普通人更多，滔滔不绝地和姐姐理论起来。

"我可没这么说……"

姐姐的语气弱了一些，也许是意识到自己说得不对，但还是试图反驳："但那些还没出生就被杀掉的孩子，还是太可怜了啊。彩华现在也怀着身孕，应该也会这样想吧？"

"他们不是被杀掉，只是凭自己的意志选择不出生。胎儿不想出生却硬是被生下来，那才更可怜吧？"

"不让孩子生出来亲自试一试，一切都很难说吧？胎儿对这个世界一点都不了解，却用'自由意志'这种说来好听的话强迫他们做重要的选择，还是太过分了。"

"等孩子生下来就晚了啊，他就要背上名为人生的无期徒刑。就算有安乐死制度，也只是一种不完备的补救措施。已经出生的人无法再回归虚无，这和人死不能复生是一个道理。同意出生制度的出台不就是为了防范这种悲剧吗？"

"同意出生制度说得轻巧，但那份全是数字的报告到底能说明什么？胎儿又不会说话，谁知道他们到底有没有真的确认过呢？"

猝然之间，我难以相信这句话是从姐姐嘴里说出来的，凝视着她愣了一阵。姐姐的神情里有我从未见过的强势，我从中看到了某种似乎该被称作信念的、不会屈服的东西。这是我从没在无忧无虑的姐姐身上感受过的。

不，在这之前，姐姐说的话已经让我感到违和——不光是她说的话，行为也是一样。她为何要特意找上门来，劝我放弃给孩子做出生意愿确认？为何对同意出生制度如此介怀？没有小孩，也没怀过孕的姐姐却对出生意愿确认的流程了解得如此详细，这一点也令我起疑。

我暂时压下脑海中闪过的无数个疑问，做了个深呼吸缓和情绪，尽量让语气保持沉稳。

　　"呐，姐姐。你到底怎么了？姐姐也相信那种毫无根据的阴谋论了吗？国家背地里操纵确认结果以筛选国民，为了掌控国民的思想信念什么的？呐，到底发生什么了？你是听信了谁的谗言？"

　　我由衷地为姐姐担心。尽管我从小就不喜欢和她相处，而且长时间和她没有往来，但她毕竟是我的姐姐。她突然出现在我面前，不等我有所反应，就像陌生人一样，喋喋不休地说出以前的她绝不会说的支离破碎的话。

　　她到底发生了什么，到底在想些什么，我完全无从得知。

　　说起来，我以前好像就完全搞不懂姐姐的想法。父母的偏袒当然是重要的原因，但姐姐本身也好像缺根筋似的，很少说自己的事，也几乎不发表意见。她的捉摸不透让我害怕，这大概也是我对她犯怵的原因之一。可是，现在在我眼前的姐姐明显和从前的她不同，她一定遭遇了什么。望着如今的姐姐，我不觉打了个寒战，尽管既困惑又畏惧，但终究还是担心的情绪占了上风。

或许是感受到我的担忧，姐姐调整了下激烈的呼吸，闭上眼沉默了一会儿，像是在控制自己的情绪。我握了握她垂在身侧的无力的手，那手比我想象的还要冰凉，且伴着微微的颤抖。我想打开起居室的空调暖风，但遥控器不在手边，在咄咄逼人的沉默中从沙发上站起来也不是件容易的事，最后我只好无奈地放弃。

不知道过了多久，姐姐终于开口了：

"我不想让彩华和我经历同样的痛苦。"

她的声音一扫刚才争论时的刚硬，变得柔柔弱弱，像在恳求："我曾经怀过一个孩子，但他被同意出生制度夺去了生命。假如没有那项制度，那孩子现在肯定健康地活在这个世上。"

这出乎意料的坦白令我哑然，我屏住呼吸，听姐姐讲自己的故事。

"结婚两年之后，我怀孕了。做了孕检，是一个很健康的男孩，同意出生概率也很高。我和老公都格外期待孩子的出生。我在生活习惯和饮食上相当注意，老公也每天都对我肚子里的孩子说话，还会读故事给他听。我和老公聊了很多：宝宝出世后要怎样抚养他，让他上哪所学校……当然，连名字都取好了，我翻了好几本姓名事典呢。最后决定叫他阳翔，太阳的阳，在天空翱翔的翔。我们希望他向着太阳，振翅飞向远方。

"然而，怀孕八个月，孕检的时候发现阳翔患有先天疾病。医生说他有轻度的自闭症，还可能伴有智力障碍。现代社会的关怀机制已经相当成熟，只要父母都能提供合适的支持，孩子健康成长的可能性还是很大的。尽管如此，生存难易度数值还是一下子升到了七。想想也是，同意出生制度出台之后，有先天性疾病的孩子就很难出生了，相对而言，生存难易度自然会提高。

"老公和我都很受打击，尽管如此，还是盼望阳翔平安无事地出生。我们下定了决心，只要孩子出生，就两个人一起尽全力守护他。

"但是，出生意愿确认的结果却是拒绝出生。包括医生在内，所有人都说不出生是阳翔的选择，可事到如今我都不明白，一个对自己的病一无所知的胎儿，为何会只因为一个数字'七'就做出拒绝出生的选择。我们究竟有什么权利强迫胎儿做这种选择？无论怎样，我还是遵从法律，做了取消出生手术。

"'取消出生手术'说得好听，其实就是堕胎。躺在冰冷的手术台上，我看到自己像小丘般隆起的肚子，最珍贵的宝贝就安眠在这座小丘之中。一位医生走来，按下连在我胳膊上的注射器，随后一切都沉入了黑暗。当我再睁开眼，那座小丘已经不见，整个消失了。就像膨胀的气球'嘭——'的一声消失得无影无踪一样，那闭眼之前还确实存在的、填满了我内心和身体的东西一下子就没了，剩下的只有无尽的空虚。彩华，你相信吗？就在我闭上眼睛再睁开的、字面意义上的一瞬之间，阳翔连知道自己患病的机会都永远地失去了啊。"

姐姐说出的每一句话都仿佛裹着暖融融的光，推翻了冻结的沉默核块，并缓缓将它融化。听着她讲这些，我才觉得有生以来好像是第一次和真正的姐姐相处。

"失去阳翔后，我一直无法控制自己不去想：如果阳翔出生了，一切将会怎样。如果他出生了，现在大概已经会在地上爬了吧？过不了多久，就可以扶着墙走路了吧？他一定会以惊人的速度牙牙学语吧？回过神来，我满脑子想的都是这些。

"老公一开始也很难过，但他走出来的时间比我早许多。看到我落寞的样子，他说'我们再怀一个小孩就行了'。他的本意是想安慰我，可我大为光火。他什么都不懂。孩子不是替代品，也没有任何人能代替阳翔。我想，只有认为孩子是可以被替代的物品的人，才能说出那种话。我一方面怀着激烈愤怒，一方面又想到说出这种话的老公竟然就是那个下班回家后先对我腹中的阳翔说'我回来了'再向我问好的人，就会感到真真切切的悲伤。老公越是提议再怀一个孩子，我对他的抗拒就越是强硬。不知从什么时候开始，我和他之间只剩下无穷无尽的争吵，不到一年，我们就离婚了。"

说到这里，姐姐又一次边看我边抚摸我隆起的肚子。她的动作温柔，就像在抚摸没能如她所愿来到这个世上的阳翔。

"彩华，你也明白那种感受吧？生命从一无所有中诞生，随着时间的缓慢推移，逐渐在自己的身体里长大。有过这种感受，并失去了让我体会这种感受的生命之后，此后的人生中，我绝不会再要孩子了。一旦有了孩子，我一定会想起阳翔，会在他的身上看到阳翔的影子。这样一来，阳翔和那个孩子都会变得很可怜。所以，我绝不愿意再要小孩。

出生意愿确认就是如此恐怖，终结就要降生的生命就是如此恐怖。如果放在以前，死胎或流产还可以看作天意或不可抗力，人总可以因此死心。但如今的我们一面讴歌生命的自主权，一面却抹杀了一个又一个孩子的性命——都是已经长成人形、很可能健康成长的孩子啊。我不想彩华经历这些，所以希望你别去做出生意愿确认。万一得到拒绝出生的结果，大家都会变得不幸。"

姐姐的话说完了，可我仍有一段时间沉浸在惊愕之中，什么也说不出来。我知道必须说些什么，可就是什么也说不出口。我转动视线，避开姐姐的目光，刚好看到放在桌上的茶杯，漠然地想着：啊，里面的茶水肯定凉了，得再倒些热水泡上才行。紧接着又在脑子里吐槽自己：现在应该不是干这个的时候吧？静默的帷幔又一次沉重地落下。

姐姐的话里有好几处思想偏激的地方，我直觉不能囫囵吞枣地全盘接受。即便如此，过去这五年来，姐姐的经历确实超乎我的想象，所以我困惑不已，不知该给出怎样的反应。单纯的安慰能行吗？还是应该表现得像一个理解她的人？或者站在她这一边，一起说她前夫的坏话？我没有一点头绪。想来这也是姐姐第一次在我面前示弱，以前我眼中的姐姐总是那样漫不经心，似乎没有任何担忧，可那或许只是她没有表现，真正的她对事情的考虑也许比我更深刻、更复杂。

佳织回家了，一句"我回来了"打破了凝重的沉默。

"啊——好累。今天的活动中也有讨人厌的大叔来当观众，说是有问题要问，结果没完没了地炫耀自己的学识。我真想狠狠地给他怼回去——"

佳织一边在门口换鞋，一边一股脑地抱怨工作中的烦心事，直至说到这里才终于发现有两人在起居室里。她立刻收声，讶异地对姐姐微微点头，然后向我投来疑问的目光。

我暗自感激佳织回来得正是时候，从沙发上起身迎接她。姐姐也慌忙站了起来。

"你回来啦。这是我姐姐，她来东京办事，顺便过来看看我。"

说话之间，我心头又浮起一个疑问：姐姐是为什么来东京的？从她进家门时神色中的焦灼来看，很难相信她是为了和我讲自己的故事专程从山梨而来的。也许是在东京办其他事的时候遇上了什么吧？这样推断还比较自然。无论是去年夏天，还是今天，我都不清楚姐姐来东京的理由。虽然要来做什么是姐姐的自由，我不曾多想，但事到如今，我突然很介意这一点。

"哦哦，姐姐你好，初次见面请多关照。"听说来客是我姐姐，佳织的表情放松下来，微笑着和姐姐寒暄，"我是彩华的妻子赵佳织。"

"初次见面，请多关照。多有叨扰。"姐姐也点头寒暄道。

两人之间充斥着初次见面的尴尬和生硬，不过，从上一刻的沉默中解放出来的我仿佛得到了救赎。

"我去房间待着，姐姐尽情地放松吧。"

我拦住了要将起居室让出来的佳织：

"啊，不要紧，我和姐姐去屋里就好。"

我边说边像往常一样和佳织交换了一个拥抱，她头发上的甜美香气温柔地填满我的鼻腔。她长长的黑发在户外冻得冰凉，碰到脸上凉丝丝的，很舒服。我的脑袋清醒了不少，我好像清楚地知道自己该做什么了。

我带姐姐来到自己的房间，关上门，重新面对她说道：

"姐姐，谢谢你告诉我你的故事。你一心一意地为我着想，而我光是自己的事都应付不来，只为自己考虑。姐姐遇到了这样伤心的事，我却一无所知，也没帮上忙，真是对不起。"

这是我发自内心的感受。我以前一直不知道姐姐在想什么，因这份神秘感而不知该如何与她相处，可从前的我根本不曾试图了解姐姐。但姐姐和我不同，尽管她也有很多烦恼，还是在试图走进我的内心。

"但我还是要去做出生意愿确认，这件事不仅关系到我自己，还关系到佳织和我肚子里的孩子。我不知道同意出生制度到底是不是正确的，没有任何事实能说明民间流传的阴谋论的真实性，相反，也没有证据证明它就是假的。可问题不在于制度正确与否或相信与否，而在于我们想怎么做。

"佳织和姐姐一样，出生在同意出生制度出台之前，她因此承受了很长时间的痛苦。我不希望这孩子承受和佳织一样的痛苦，不想强迫孩子违背自己的意愿出生，不想被孩子怨恨，甚至连累佳织一起犯罪。这是最糟糕的结果，无论如何我也要避免。"

　　姐姐悲恸地凝望着我：

　　"即使这样会让你痛苦，也无所谓吗？"

　　我坦然地望着姐姐，深深地点头：

　　"佳织会陪在我身边的，一定没问题。所以，姐姐也不用担心。"

　　正是如此——我边说边想。佳织和不懂得怀孕为何物的男人们不同，她和我拥有同样的性别，身体里能够孕育生命。如果我悲伤，佳织也会一同悲伤；如果我痛苦，佳织一定也会和我一起痛苦。回望过去八个月的孕期生活，我有着强烈的确信。

　　呼——姐姐低下头，长长地叹了一口气，然后再一次抬起头，对我莞尔一笑：

　　"我就知道，彩华一定会这么说。"

　　下一个瞬间，姐姐紧紧地抱住了我。尽管儿童时期我们日日生活在一起，和姐姐第一次拥抱的感受还是暂时撑满了我的心。接着我忽然感到衣服肩膀的地方晕开一小片湿润。我一惊，很快意识到那是姐姐的眼泪。

　　"刚刚说了很多奇怪的话，真是对不起啊。"

　　姐姐的道歉声颤抖着，像在自言自语，让我感到异样。仿佛姐姐特意来到我家并非为了说服我，更像是为了说服自己。我不知道她想说服自己什么、怎样说服，只是直觉如此。

姐姐走后，佳织忧心忡忡地问我：

"你还好吗？发生什么了？你姐姐眼睛红红的呀。"

"嗯，没事。"

说不清是因为同情，还是姐姐的坦白后劲儿太大，抑或只是荷尔蒙分泌紊乱引来的情绪不稳，我突然紧紧抱住佳织，泪水扑簌簌地滚落。

"可你这样完全不像没事啊。"

佳织疑惑地说着，摩挲着我的后背，又温柔地摸了摸我的头。

"我没事。有你在我身边，我肯定没事的。"

我一边说，一边将脸埋在佳织怀里，流了一阵子眼泪。

4

那之后，就像在那个二月的晚上商量好了似的，姐姐再也没有联系过我，我也没有特意联系过她。

尽管姐姐说她应该不会再要小孩了，但没有人知道人生的下一刻究竟会发生什么。姐姐才三十二岁，说不定哪天遇到了喜欢的人，还会想再生一个孩子。就算不生，我也衷心地祝愿她遇到一个好人，过上幸福的生活。

希望姐姐幸福的同时，我自己的生活也一刻不停地向前走着。进入三月，我休了产假，在家中度过的时间骤然增多。

我一直以为孕后期肚子变得很大，行动会不方便，还要为分娩做各种各样的准备，一定很辛苦。等真正休了产假才发现并不是那样，反倒是没什么事情要做，有了一些余闲。

是佳织填补了我空落落的时间。她说孩子出生后我们很难再有机会二人独处，于是暂停了小说写作，和我一起去看电影、挑婴儿服，物色家附近适合带孩子玩的景点。进入三月中旬，东京的樱花渐渐开放，我们还挑人少的工作日一起去赏花。我与佳织在这琐碎的、不同寻常的日常生活中疼爱着彼此，时间兀自静静地流淌而过。

也是在同一时期，新闻报道称，警方发现了此前未找到的宗教团体天爱会的总部，逮捕了一批主要干部和普通成员。

报道称，总部地点是由普通市民向警方匿名举报而获得的。起初警方以为是恶作剧，没把来电者的叙述当真，但对方对天爱会的活动信息掌握得极为细致，警方便申请搜查令进入民宅搜查，证实举报信息准确无误。警方在现场起获并没收了大量炸药，听说还发现了天爱会接下来的犯罪计划书。

"这些人，真是人渣。"

电视里播出嫌犯们戴着手铐低头坐进警车的画面，佳织低声谩骂道。大部分被捕者都用口罩或墨镜遮住脸，但从发型和体型来看，多半都是女性。年龄也不是很大，多为三十几岁，上年纪的也不过四十几岁。

"抓到她们，真是太好了。"我也安心了不少。

去年那次恐怖袭击共造成二百五十二人死亡，受重伤和轻伤者达上千人。这起被喻为日本有史以来最恶劣的恐怖袭击引发了媒体没日没夜的哗然。自那以后，每家医院都加强了警戒。被指定有资格进行出生意愿确认的医院自不用说，就连小的妇产科诊所都有保安随时驻守，进医院必须出示身份证件，随身行李也要接受彻底的检查。今年年初，厚生劳动省发表的日本生存难易度指数一下子比去年提高了三个点。即使在气候变暖愈演愈烈的情况下，每年的指数一般也就增长百分之零点几，一年提高百分之三属于极为罕见的情况。无论是生存难易度指数的提高还是警备力量的增强，对有孕在身的人来说都是实实在在的困扰。虽然幸好我没太受影响，但在这一批孕妇之中，一定也有因为指数提高而导致胎儿的生存难易度刚好超线，最终胎儿拒绝出生的。

唯一让人放松的是，和无差别出生主义有关的游行在街上彻底地销声匿迹。一直以来，在宪法保障集会自由的前提下，这类游行在表面上不受限制。

但毕竟刚刚发生过那样的案件，即使提出游行申请也几乎得不到批准，申请往往会在各部门的审核过程中被拒掉。恐怖袭击事件之后，人们对无差别出生主义的认识从"信念多样化的表现之一，受到思想自由、良心自由的保护"，更为倾向于"危险思想的一种，应该斩草除根"。就算申请得到批准，在当下的舆论环境中，游行想必也举步维艰。走在街上不必再遇到那样的游行队伍，于我而言多少是一种宽慰。

"这样还能放心一些。"

佳织用力握着我的手，亲吻我的脸颊。我也轻轻啄了啄她的脖子作为回礼，然后摸着肚子说：

"嗯，终于能放心生下这孩子了。"

我的话音刚落，便感到孩子在肚子里轻轻地踢蹬。距离预产期还有一个月，这孩子肯定也跃跃欲试地想早点出生吧——一想到这里，就有一团暖意从我的身体深处涌起。这股暖流涨满了我的心房，我在沙发上躺下，把头枕在佳织腿上，要她摸摸这孩子。佳织微笑着答应了，像是在说：这么能撒娇，真拿你没办法啊。她的手抚过我的肚子，宝宝在里面伸展手脚，轻轻的震动一直持续着。电视里，陌生的时事评论员们正针对逮捕一事口若悬河地展开激烈的讨论。

　　出生意愿确认的日子终于到了。早上，闹钟还没响我就醒了，但大概是紧张导致睡眠太浅，整个人迷迷瞪瞪的，眼皮也很重。我尝试睡个回笼觉，可根本睡不着，只好决定起床，不禁无奈地想：真是的，又不是春游前的小学生了。

　　"早安。"

　　来到起居室，佳织已经站在厨房准备早饭了。她可能也没有睡好，眼睛下面隐隐现出一团暗影。听到我向她问好，她也粲然一笑，回了我一句："早安。"

　　我洗脸、刷牙，收拾好自己，坐在沙发上等待早饭。天气和预报的一样晴朗无云，清爽的朝阳从窗外射进来，照在木地板上。光束之中有无数尘埃飞舞，宛如一段光的阶梯。这一幕似乎蕴藏着神性，让人联想到新的生命从天而降的场景。

　　混沌的脑海中闪过这想法的下一刻，我便在心中苦笑：我到底在瞎想些什么啊？什么天啊神啊的，思想老套也要有个限度吧。决定怀上这孩子的是我和佳织，是否愿意出生则要看这孩子自己的选择。一切都是人类的自由意志，没有天意干预的余地。动不动就搬出神和自然的，是天爱会那帮否认人类自由意志的、反动的家伙。

我这样想着，意识逐渐清醒过来。没多久就听到佳织的招呼声："早饭好啦——！"

我们在餐桌前坐下。白米饭、煎鸡蛋、味噌汤和清炒时蔬，菜色简单，但营养均衡。

吃饭时，佳织似乎一反常态地寡言少语，我偷瞄了她几眼。天光照射下，埋着头扒饭的她神情有些僵硬。紧张的时候，有人话多，有人话少。佳织平时越爱说话，紧张时的表现就越接近于后者。果然她也在紧张——意识到这一点的同时，我自己的情绪放松了许多，因为有佳织陪我一起紧张着。"不是一个人孤军奋战，身边总有人陪伴"，就是这样吧。我的内心感慨万千。

"平时都让你为我做饭，我欠的债好像越来越多了呢。"

现在轮到我来缓解佳织的紧张了，我试着和她搭话：

"下次佳织怀孕的时候，我恐怕做不到你这

么好。"

聊起今后佳织怀孕时候的事，是为了赶走横在我们眼前的不确定性。也许是我的目的达到了，佳织也笑着跟上我的话题：

"那我们就来场特训吧。不让你把我赵佳织的秘传菜谱全都牢记在心中，我就无法安心地去怀孕。"

"别这样，拜托你手下留情啊。"

"不要小瞧我，我教人东西的时候可是很严格的哦。"

"还说什么'不要小瞧我'，你看上去分明就是个严厉的人啊。"

"哈？你这话是什么意思！"

我们开着没营养的玩笑，餐桌间的气氛轻松了许多，银铃般清脆的笑声溢满了起居室。再过一个月，近三年来我们共同打造的家就要迎来新的成员——想到这里，我又一次感到不可思议。

吃完早餐，我要帮着佳织收拾餐具，又被她像往常一样婉拒了："你去休息。"我乖乖地照做了，回到房间看了一眼手机，正在休育儿假的凛凛花发来了消息：

"出生意愿确认是今天吧？别紧张！一定会顺利的，平常心很关键！"

自己做检查的时候明明紧张成那样——我忍着笑意，回复消息致谢。

佳织说，至少今天不能让宝宝不开心，她出钱叫了辆空中出租车，我们飞到了T大附属医院。

驻守小诊所的保安是民营企业派遣的，而T大附属医院是做出生意愿确认检查的指定医院，身穿迷彩服、头戴钢盔、手拿自动步枪，全副武装的自卫队队员煞有介事地站在门口放哨。我们拿出身份证和诊所开具的介绍信，说明来意，对方检查了我们的随身物品，又问了我们几个问题，终于允许我们进入医院。

检查前的流程和凛凛花那时候一样，先在妇产科接受问诊，医生确认最近的孕检结果后领取检查预约条，然后前往检查大楼。等到叫号就进入检查室。

和凛凛花那时不同的是，今天当班的检查技师是一位沉默寡言、面无表情的中年男人。佳织和我一起走入房间后，他瞥了我们一眼，目光又回到电脑屏幕上。然后他一言不发，甚至不确认接受检查者的姓名，只是用手势示意我坐下。

接着，他沉默地看了一阵子电脑里的信息，喃喃自语似的说了一句："一切正常哦。好了，换上衣服，到台子上去吧。"我照他说的换好检查服，上了检查台，护士拉上帘子。我的手在帘子下面和佳织的手交握。

检查过程中，技师也和刚才一样只下最简略的指令，没有像凛凛花那次那样告诉我"现在放入仪器哦""会有一点点刺痛哦"。似乎刚感到一个冷冰冰的东西接触到下体，窥器就已经插入，阴道有了被扩张的感觉，我不由得绷紧身子，一阵钝痛袭来。

"放松。"技师喃喃的语气毫无起伏，我还来不及反应，又有一个细长的东西伸进来，好像比宫颈癌筛查时探得还要猛，还要深。躺在检查台上的我什么都看不见，却回忆起凛凛花接受检查那次，我看到内窥镜似的仪器伸入子宫，触到胎儿，还有和胎儿沟通的情景，尽力放松身体。可似乎没那么顺利，伴随着阴道的钝痛，下腹部蹿过一阵过电般的锐痛，我忍不住发出呻吟。这检查比我想象中难受——我一边这样想一边深呼吸，正试图抵过下一波痛楚，耳边却传来一句"好了，做完了"，突兀地宣告了检查的结束，只留下扑空的怔忪。

检查不到十分钟，身体的消耗却很大。我忍着下半身未消的余痛下了检查台，去里屋换上自己的衣服。

回到佳织在的诊室前头，我还没坐下来，技师便冷淡地宣布：

"拒绝出生。"

我反应不过来发生了什么，欠着往下坐到一半的身子，傻呆呆地站着不动。而技师的第二个问题已经蹦了出来：

"怎么样？要现在预约取消出生手术吗？"

这时，我才终于明白他话里的意思。高亢的嗡鸣响彻脑海，失重的感觉袭来，我整个人仿佛在空中持续地坠落，永远落不到底。

"是……拒绝出生？"

正当我不知如何反应时，佳织先开口了：

"这不可能。是不是有哪里搞错了？"

技师露出不耐烦的表情，仿佛我们这样的表现他已屡见不鲜。他将印有"出生意愿确认检查结果报告"字样的纸递给我们。

"您自己看吧，三次都是拒绝出生。"

我站在原地，弯着身子使劲看那份报告。技师说得没错，报告书上清清楚楚地印着"拒绝出生"几个粗体带下划线的字。

也就是说，这个孩子生不下来了。此时此刻，我的肚子里还能感受到胎动。这意味着九个月以来的祈祷、心愿、期待、忍耐，全都在短短十分钟的检查里化为泡影。如果是这样的话，这过去的九个月到底算什么呢？我们对这孩子出世的翘首盼望，又算什么呢？一想到这，我立刻感到一种无尽的荒谬。

"一定是搞错了，要不然就是碰巧今天状态不好。可以改天再查一次吗？"

听了我的话，技师又不耐烦地把手一甩，指尖嗵嗵地敲在报告书的文字上：

"这里写得很清楚，三次都是拒绝出生。这已经是明白无误的拒绝了。Only YES means YES[1]。如果三次都是同样的结果，是没法重新检查的。这是

---

1 意思为只有可以才可以。源于对性同意的教育宣传倡议，是比"No means No（不就是不）"更进一步的主张，强调性行为的发起人有责任确认对方在完全清醒的状态下同意性行为的发生，不用模糊的态度侵犯他人。

规定。"

"检查也可能出错的吧？这之前的孕检中，同意概率都没低过百分之九十五。肯定是哪里出问题了。"

佳织倏地站起来，语气强硬地说。

"同意概率不过是根据统计数据计算出来的数字，每个胎儿的性格都不同，与概率不符的情况太多了。只有刚才的检查结果才代表胎儿真正的意愿。"

"但也有可能是孕妇今天偶然状态不佳，或者胎儿心情不好，影响了检查结果吧？"

"网上有的是那种似是而非的信息：想要提高出生概率，最好哄胎儿高兴。天气和身体状况会影响检查结果，等等。这些信息就像都市传说一样，毫无根据，都是假的。"

说完，技师起身做了个手势，示意我们离开："如果您想改日再做取消出生手术，检查就到此结束了。二位可以回去了，后面还有人等着呢。"

他如此冷淡的态度令我登时恼火起来：

"话说回来，刚才你到底是怎么做的检查？手法那么粗暴，检查结果能准确吗？会不会是你吓到了胎儿，所以才得到了'拒绝出生'的结果呢？"

"您认为，是否愿意出生这样重要的意愿表达，会被这点小事影响吗？请您相信专家的意见，不要盲从于网络信息。"

"孩子怎么会懂得这些呢？胎儿对这个世界还一无所知，一丁点小事都可能对她产生影响吧？"

"您这种说法，是小瞧了胎儿的自主决定权。"

"你这个态度，才是对期待孩子出生的母亲的侮辱呢！"

我一边说，一边意识到一切都是自己的恼羞成怒，可话语有如开了闸的洪水，根本控制不住：

"你这样一个丝毫没有同理心的、不懂得母亲感受的男人，是怎么胜任检查技师的工作的？我没法信任你，总之就是没法信任你！"

"即使得不到您的信任，向您转达完检查的结果，我的责任也就尽到了。检查仪器可是没有性别之分的。"

"从常识角度考虑，百分之九十五的概率不可能这么轻易地落空吧？"

"天生就是同性恋的概率很小，可您二位都是同性恋，没错吧？"

哪有他这样说话的？！我正要争辩，佳织却开口了：

"无论怎样，我们会再找机会检查的。不找您这样的庸医，而是拜托其他医院靠谱的医生。"

"二位尽管去找吧。只不过，今天的检查结果会通过网络和各家指定医院共享，恐怕是找哪家都没用。"

"你这个庸医！"

佳织情绪激动地大吼，可技师脸色变都不变地下了最后通牒：

"二位请离开吧，不然我要叫保安了。"

再这样僵持下去，让对方叫来保安就真的不好办了，我只好先稳住佳织，和她一起离开了检查室。

"那男人简直不是东西！"

佳织的愤怒还未平息，我轻抚着她的后背：

"别理那种人了。刚才的检查好痛，肯定是检查不得当。我们换一家做吧。"

"彩华刚才叫得很痛嘛。"

佳织握着我的手，露出担心的神色："你还好吗？现在还痛不痛？"

仪器插入的地方还有轻微的异物感，下腹还有些麻痛，可我摇了摇头：

"没事了。现在更要紧的是，尽早去其他医院检查。不然预产期就要到了。"

走到外面，刺眼的阳光灿烂地照射着大地。面对医院的那条路两旁种满了樱树，樱花几乎都开了，白色和粉色的花瓣铺满了人行道，宛如一条花的绒毯。看到这片美丽的风景，我不禁屏住呼吸，心情仿佛被净化一般，上一刻的争执带来的不悦一下子轻了很多。

这个世界是美丽的，你一定也想看看这个美丽的世界吧？刚才的检查那样粗暴，对不起哦。妈妈一定会尽快找一个靠谱的地方，确认你真正的意愿。请你再等一等哦。

我摸着肚子，在心里对胎儿说。

然而，无论我们找到哪家医院，如何说明我们的状况，都接连遭遇闭门羹。

我们又找到平时常去的那家车站前的妇产科诊所，向医生说明来意，希望他帮我们写一份给其他医院的介绍信。医生也婉拒了我们：

"我虽然很同情你们，但按照规定，是不能重新检查的。"

医生体谅我们的心情，语气轻柔，"如果可以重新检查，就会有人反复尝试，直到做出同意出生的结果吧？询问孩子的意愿不是赌博游戏，无法反复试探。"

"可如果孩子真的铁了心不想出生，无论检查多少次，她都会拒绝出生的吧？"佳织仍不死心。

"反复询问或拜托对方做同一件事，就是一种不管不顾吧？对胎儿来说也是一样。不过，在强迫之下表示的同意，就不能算是按真正的自由意志做出的决定，你说对不对？"

听了医生晓之以理、动之以情的解释，我逐渐明白道理或许没错，只是我似乎还是有想不通的地方，却又说不清自己到底想不通哪里。

将我这些说不清道不明的异样感受用语言表达出来的，到底还是以文字为生计的佳织：

"可如果这么说的话，我们平时不也在各种外界信息的影响下，决定许许多多的事情吗？什么是真正的自由意志，什么又是外界的影响？能如此简单就划分清楚吗？"

听了佳织的话，医生浮出一抹苦笑：

"您说得没错。但如果硬要钻牛角尖，我们就会陷入没完没了的哲学讨论，去掰扯自由意志是否真正存在。我是医生，不是哲学家。和没有结论的头脑风暴相比，如何最大限度地尊重胎儿的意志，才是我必须去思考的问题。"

"您的意思是说，同意出生制度并不完美？"

我不由得开口问道。

"我想，没有任何制度是完美的。无论哪个时代的哪项制度，都是人类有限的智慧创造出来的。所以说，只要人类不完美，无论什么制度都肯定存在缺陷，后人回望历史，甚至会发现前人的有些行为无比愚蠢。"

医生温柔的目光笔直地望着我，不紧不慢地说：

"二百五十年前的美国人一度认为黑人是肮脏的，只有奴隶的身份与他们相配。一百六十年前的英国人认为女性的智力不如男性，主张不给女性选举的权利。六十年前的日本人不承认女性天皇和母系天皇[1]，认为让这些人做天皇会导致整个国家解

1　日本于 2004 年起召开的"《皇室典范》相关有识者会议"讨论中出现的架空概念，指"只有母方承继天皇血统的人成为天皇"。

体。这些想法随便哪一样放在今天的人眼里都愚蠢至极，以前的人却是很认真地奉为圭臬。所以说不定在五十年后的人看来，履行出生意愿确认制度根本就是在犯傻，后人说不定连婚姻制度都会觉得不合理。"

"明知道这项制度可能很愚蠢，我们也要遵守吗？"

"因为我们生活在现在，而不是未来啊。反正目前没有更好的制度，这也没办法嘛。"

医生叹了口气，说悄悄话似的压低了声音："当然，明知故犯地不遵从制度，无论怎样都要把孩子生下来的也大有人在，我也见过几位。只不过，犯罪就是犯罪，作为妇产科医生，我绝不建议你们这样做。"

最终，我们离开了诊所，没拿到介绍信。

即便如此，我们仍不死心，又拜访了几家诊所。佳织放下了正在创作的稿子，白天和夜晚都陪在我身边。然而，没有一家诊所愿意为我们开介绍信。

佳织找到出版社的编辑，对方把自己在妇产科当医生的朋友介绍给我们，这名医生总算是为我们开了介绍信。我们去了医生介绍的指定医院，在妇产科问诊的阶段就被拒绝了。那名男技师说得没错，之前的检查结果已经在网上共享，任何一家指定医院都能看到相关信息。在妇产科诊疗室，对方进一步给出了确凿的回应：系统认证的是第一次检查结果，就算重新检查的结果是同意出生，系统也不会刷新，不可能下发公证书。也就是说，拒绝出生的结果无论如何也无法改写了。

我们走投无路，预产期正一天天地接近，两个星期转眼间就过去了。阵痛随时可能发动。再磨蹭下去，强制出生的罪名就会落实。凛凛花一直没发消息问我检查结果如何，如果是同意出生，我早就主动告诉她了。多半是因为我没说，她便选择不来打扰我。

这次我们还是接受检查结果，放弃这个孩子吧——四月上旬的一个下午，佳织终于说了这句话。那时，因东奔西走而疲惫不堪的我们，正瘫在起居室的沙发上小憩。

我怀疑自己的耳朵。我一直以为，唯独佳织会永远站在我这边。没想到到头来，连她也开始打算拿掉这个孩子。可是，一直以来，我们那么盼望长女出生，一起度过的那些时间算什么呢？全都成了谎言吗？还是连谎言都算不上，成了无意义的空虚？我感到无尽的孤独，对她的提议表示激烈的抗拒：

"连你也说出这种话了？你的意思是杀了这孩子吗？"

"不是杀掉她，只是尊重她不想出生的选择啊。"

"可我们根本不知道那是不是这孩子真实的意愿表达啊。"

"但也没有其他可以参考的信息，不也只能相信检查结果了吗？"

"话说回来，那种检查真的值得信任吗？说是告诉胎儿一个数字，就能返回'同意出生'或'拒绝出生'的选择，可具体操作完全在暗箱中进行啊。背着我们可以动很多手脚的！"

"谁也没有理由这样做吧？"

佳织露出不可置信的表情盯着我："你的被害妄想怎么这么严重？"

我面对着佳织，凝视不再站在我这一边的她的面孔。窗外传来春雨落下的声音，淅淅沥沥的。

类似的话我好像在哪里听过，然后，我想起来了。眼前的这一幕，和姐姐找来我家时的情景如出一辙。那不过是一个多月前的事，却恍如发生在遥远的从前。现在的我，几乎是重复着和那时的姐姐一模一样的话。不过是无法战胜自己的产意、不愿意接受检查结果而已，我竟闹到这般田地，真是丢人现眼，什么都不顾了——我暗暗嘲笑自己，却还是无法善罢甘休。

"这不是被害妄想，我是说，的确有这种可能。你也无法否认这种可能吧？"

"那只是阴谋论——"

佳织的话说到一半便停了下来，做了个深呼吸，似乎想让自己冷静下来。然后，她重新面对我说：

"那好，你告诉我，你想怎么办？"

我想怎么办？想把这肚子里的孩子怎么办？这个问题，我也不知道该如何回答。唯一确定的是，如果失去这孩子，我会非常难过，根本无法承受。

见我一直不说话，佳织进一步逼问：

"现在拿不到'同意出生'的结果，你不会还想生吧？"

"……"

"强迫孩子出生是最要不得的，你也很清

楚吧？”

“……”

“做了意愿确认才出生的你也许不懂，不经同意就被生下来的孩子，真的很痛苦啊。”

当事人佳织的话很有说服力，我无法反驳。原来被宣告孩子拒绝出生的时候，姐姐是这样的心情啊。我搬出大道理责备她时，她就是这样无奈、悲伤以至于绝望吗？那时候的我罗列了一大堆正确的理论责难姐姐，轮到自己成了当事人，竟是这副德行。实在太难为情了。事到如今，我也深刻体会了河野部长的妻子不惜说谎也要将孩子生下来的心情。迄今为止，我对同意出生制度的合理性深信不疑，可现在，我只觉得它成了伫立在我和孩子之间的一道巨大的障碍。明知道错的是自己，却还是不可抑制地希望这项制度不复存在，羡慕旧时代不受这制度束缚时的人。

“佳织才不明白呢。”

我低着头，嘴里突然冒出这样一句话。

“不明白什么？”

佳织带着深深的惊讶，看向我。

说出去的话已经无法撤回，只好一股脑地把它说完。我抬起头回望佳织。尽管看不到自己此时的表情，但我的目光中一定带着恨意。

"不明白怀孕的人的心情。"

我一字一句地说出这句话，这是被切断所有后路的我仅剩的唯一说辞：

"怀孕的——怀胎十月，用自己的身体、自己的血肉孕育孩子长到今天的人，毕竟不是你。"

这算不上借口，只是个人的抱怨。我对此心知肚明，可话语从我口中吐出的时候仿佛有了自己的生命，我想停都停不下来。

"尊重孩子的意愿——漂亮话说得容易，你倒是为怀孕的人考虑一下啊。仅仅十分钟的检查，就让十个月的努力泡了汤。要是能若无其事地接受这一切，我之前的付出到底是为了什么呢？"

"努力付出的不光是你，我也——"

"你给我闭嘴！"

佳织试图争辩，而我打断她的话，继续长篇大论的攻击。我无非是仗着佳织的爱，耍性子罢了。明知如此，话语还是从身体里接二连三地涌出来：

"什么因为生存难易度高就不想出生，这也太幼稚了！这世上只有人类这种生物能认可这种事，而且以前的人无论活着多么艰难，还不是都得直面人生吗？哪有人稍不如意就记恨生身父母的？耍脾气也要有个限度！"

"你这是什么话？照这么说，我经历的痛苦也都要怪我太幼稚了？"

佳织反问道。她似乎无法对此置若罔闻，也不再掩饰自己的愤怒。

然而，话一旦说过了头，人就无法再受理性的支配，只会引出下一句更尖锐的言辞：

"嗯，是啊，你说得没错。你就是任性鬼、玻璃心，得不到你爸的认同就恨自己不该出生。你说你有多幼稚？别以为所有人都像你这样经不住挫折和打击！"

言语冲口而出，我立刻觉得不妙。这是我们交往以来第一次正经的争吵，我把握不好轻重，说了不该说的。就算再怎么生气，我也不该说这些嘲笑佳织真切的痛苦。这真是乱发脾气。我很快便后悔了，可说出去的话有如泼出去的水，我只好默默地和佳织互瞪。

佳织眼看着气歪了脸，她强压着怒火，沉默地瞪了我一阵子。接着，她腾地从沙发上站起来，一言不发地回了自己的房间。门被重重地关上，发出一声巨响，起居室恢复了寂静。

我独自留在这片静默里，在昏暗的屋内久久地发呆。肚子里的小生命又在轻轻挣动。只有没完没了的雨声，隔着一片窗玻璃，在外面的世界里淅沥作响。

那之后的几天，我和佳织一句话也没说。

她仍旧做饭给我，但我们不再一起吃了。每次都是她做好留着，我一个人吃。饭还和往常一样，营养均衡，无可挑剔。大概是觉得偶然碰面太尴尬，佳织经常外出，也没有在家吃饭的迹象。她的话，大概是在附近的咖啡馆办公，饭也在那边吃了吧。我也尽量避免尴尬，每当听到她在厨房做饭便闷在房间里不出去。即使如此，还是难免碰上。那样的时候，我们谁都不说话，头也不点一下就匆匆撇开目光，退回各自的房间。

我知道自己应该主动向佳织道歉，却不知该如何开口。就算道了歉，最后还是要回到孩子怎么办的话题上来。佳织肯定会建议我接受取消出生手术，而我无论如何也不愿意这样做。再这样拖下去，孩子就会在强迫之下出生，连佳织也会和我一起成为罪犯。我知道这很糟糕，但不可否认的是，我还心存一丝侥幸，想把孩子生下来碰碰运气。在矛盾情绪的撕扯下，我隐约还有一种心态：如果不想让我把孩子生下来，由佳织主动挑明才更合理。

共享出生同意确认结果的只有政府指定的出生意愿确认医院，如果想生当然可以在家生，普通的妇产科诊所也能接生。我不清楚国外的情况，但在日本，即使是未表示同意就出生的孩子，出生后也和同意出生的孩子享有完全相同的法律地位，不会在出生登记和户籍登记等各项行政手续上吃亏。就像车站前那家诊所的医生说的那样，尽管社会舆论和伦理道德都不建议人们未经孩子的同意就将其生下，让公司的人或街坊四邻知道了，做父母的肯定会被戳脊梁骨，但如果做好准备接受这一切，生下孩子也不失为一项选择。这是一场和未来的赌局，一场艰险的赌局：赌未经同意分娩的孩子不会怨恨这人生，长大成人前也不会因强制出生罪起诉父母。

实际上，在网上可以搜到许多出生意愿确认的结果是拒绝出生，仍然生下孩子并成功将其抚养成人的经验之谈。以前我总是看不起这样的人，觉得他们写下犯罪过程公开在网上的行为不知廉耻，可现在，大量阅读这些文章成了我的救赎。只不过这些事例肯定不会被媒体报道，文章也都是匿名的，没办法验证其真实性。

尽管如此，我仍旧无法停止浏览这些信息。"出生意愿确认　结果　错误""出生意愿确认　重做""拒绝出生　重检"……不知从什么时候起，我开始频繁输入类似的搜索关键词，贪婪地阅读形形色色的人写下的经验之谈，在其中寻找自己想看的内容。网络的海洋中充满了各种各样的经验和看法，每个人的角度都不相同。有对检查结果表示不信任的；质疑同意出生制度合理性的；因为在国内屡次被拒绝重检而出国，在海外重新接受检查的。还有一类难辨真假的文章吸引了我的注意力：买通技师或雇黑客，用阴招操纵检查结果。我还看到了能通过暗网拿到伪造公证书的消息，一方面被这些文字安慰，一方面又认识到自己的行为不过是自我安慰，反复陷入自我厌恶的情绪中。

厌倦了自我安慰后，我开始想得知一些信赖度更高的信息，于是点开免费的网络百科词典，试着输入"同意出生制度"进行查阅。

　　同意出生制度建立在人有自主决定出生权的理念下，旨在防止未经同意分娩导致各方面弊端的制度，确保胎儿愿意出生后才进行分娩。同意出生制度是现代社会的标准制度，世界主要国家基本都已引入。

　　我点击"未经同意分娩"的链接，出现以下文字：

　　未经同意分娩，是指胎儿未做过出生意愿确认或在出生意愿确认中表示拒绝出生，产妇仍将其娩出的行为。在现代社会，未经同意分娩是对自主决定权的原则性侵害，往往会带来巨大的弊端。因此，包括日本在内的许多国家都将强迫未经同意分娩的行为定义为强制出生罪，认为这是一种明显的犯罪行为。

　　十九世纪的作家安布罗斯·比尔斯在《魔鬼辞典》中对"出生"的定义："诸多灾难之中，最先造访也是最恐怖的一种。"现代普遍认为，此处的"出生"指的是未经同意分娩导致的出生。在同意出生制度引入前的出生从原理上来说不可能事先经过胎儿的同意，因此必然都是未经同意分娩。

我又返回"同意出生制度"的页面，茫然地望着目录，发现很靠下的地方有一个名为"阴谋论"的小标题，于是点进去看了看。

围绕同意出生制度散布有许多种阴谋论，如国民拣选论、思想信条管理论、随机论、维持力量平衡论、演化操纵论等。虽不乏有识之士[谁？]认为这些论调有一定可信度[需出处]，但大部分阴谋论已被厚生劳动省公开否认。

我越看越觉得这些内容是对我的谴责，心情变得很糟。仿佛世间的常识和分门别类的知识信息全在指着我的鼻子破口大骂：你错了！回过神来，我已经关掉百科词典，又开始搜索"阴谋论 正确 根据"之类的关键词。我被自己这些无意义、无价值的行为震惊，仿佛厌倦了一切，最后关掉电脑，决定出门散步。

没有人的起居室在暗淡的阳光下沉寂于静默之中。佳织的房门关着，但她好像不在里面，大概也外出了吧。

那是一个午后，阴霾的天空被浅灰色的云层覆盖着，空气里有下过雨的味道，马路上积出好几个水坑。好像正赶上小学放学的时间，一群戴着小黄帽、背着学生书包的小学生排着队放学，从我眼前走过，我下意识地背过身去。

这一个个在朋友们面前欢蹦乱跳、活泼地走在路上的孩子，都是自愿出生才来到这个世界的吧？这是一群主动希望降生，并在父母和世界的期待下来到这个世上、得到祝福的孩子。他们的一生灿烂夺目，虽然不一定顺畅无阻，但主动选择出生的经历会化作一道灿烂的光，为他们扫去前方的黑暗。看着这群孩子，我那即便胎儿拒绝出生，仍想将其诞下的产意似乎在无形中遭到了谴责，内疚几乎将我击溃。假如那群孩子是被祝福的，我一心想要生下的孩子无疑就成了被诅咒的。未经同意分娩是一道诅咒。我正试图通过分娩，诅咒我的孩子。

走了十分钟左右，我来到家附近的一个公园。

这里游乐设施种类丰富，还有五颜六色的漂亮花朵，原本是孩子出生后我想带她来的地方之一。此时此刻，公园的花坛里就有红色的风信子、黄色的金盏花、粉色的落新妇绽开着，沾在花瓣上的透明露珠也许是春雨的余韵。紫荆、杏树也开着粉色的小花，在风中微微摇曳。

我走累了，便坐在公园的长椅上休息。不知从哪里传来"咪呀咪呀"的小声叫唤，像是猫叫，却比猫的声音尖一些。侧耳细听，有好几个叫声交杂着，相当热闹。我找了一会儿，在滑梯下方的背阴处找到了声音的主人。

那是五只小狗崽，恐怕刚刚出生，只比手掌大一点，看上去柔弱无依，紧抱着一只大黑狗的肚子，"咪呀咪呀"地蠕动着要奶喝。那大黑狗多半是它们的妈妈。也许刚才淋了雨，母狗和小狗崽的毛都是湿的，尤其是小狗崽，哆哆嗦嗦的，似乎很冷。

狗也好，猫也罢，我从没有过养宠物的想法。它们真的愿意被人类当成宠物驯养吗？人类的做法是否无视了它们的意愿，只顾满足自己的需求呢？这些疑虑在我心头，怎么也挥之不去。即便如此，刚刚来到这个世界的小生命拼尽全力活下去的样子，还是让我着迷。

狗也有所谓的自由意志吗？既然活在这个世上，至少有基本的意愿，知道自己想做什么吧？那么，小狗崽们在母狗肚子里的时候，也会有想出生和不想出生的意愿吗？可它们无论怎样都会出生，和自身的意愿无关。引入同意出生制度之前的人类也是一样。那个年代没有苦恼也没有纠缠，人们只是遵循天意、命运、自然法则的指引，完成生命的循环。如今的我甚至觉得羡慕。与此同时，两个月前我对姐姐说的话化为回旋镖悉数返回，将我击垮——所以人类才和其他动物有区别啊。这是只有人类才能完成的演化，姐姐难道要否定它吗？？这就是生而为人该做的事啊。

居然会羡慕一条狗，看来我是真的不正常了。然而，即使如今的我深知失常的自己感到的艰辛和痛苦是错误的、放在从前会被自己全盘否定，却不知该如何压下这份情绪。

"啊，有狗狗！"

身后突然传来孩子的声音，回过头，一个女人带着两个孩子站在我身后。孩子们看上去都还没上学，盯着小狗崽，两眼放光。

"那是狗狗的小宝宝哦，很可爱吧？"

那个女人大概是两个孩子的母亲，她说完朝我微微点头致意："不好意思，孩子们太吵了。"

"啊，不会，没关系的。"

突然被她搭话，我不知该做何反应，有些狼狈。望着孩子们笑盈盈地围着母狗和小狗大呼小叫，我感到百爪挠心般的痛苦。

那位母亲的目光落在我隆起的肚子上，嘴角露出柔和的微笑：

"您怀着小宝宝呢。"

"啊，唔，嗯。"

"是男孩还是女孩？"

"女孩。"

"妈妈这么年轻，一定会生下一个健康活泼的女孩吧。"

这句话像一根尖尖的针，刺得我心里一阵锐痛。我竭力忍下冲动，没有将眼前这位幸福微笑着的母亲推倒在地。

这两个孩子一定也是主动希望出生的，他们和我的孩子不同，是被祝福的小孩。我嫉妒那祝福，憎恨那笑容。假如我现在向这位母亲倾诉自己的产意，不知对方会做何反应。一定会瞧不起我，用看待违背人伦的恶魔的目光来看我，抨击我是个禽兽吧。

我逃也似的离开公园，回了家。难道从今往后，只要看到通过出生意愿确认而降生的孩子和他们的父母，我就要承受这般痛苦的苛责吗？是否只要生下这孩子，我就会心惊胆战地活着，每天都担心罪行会曝光？每次试着想象河野部长妻子的心情，我都感到晕眩。想到姐姐经历过的悲伤，我的胸口就好像被人攥住了似的，呼吸困难。

进家门前，我看了一眼信箱，有一封寄给我的信。信封上没写寄信人的名字。这年月，已经很少有人写信了，我一面这样想一面回到房间拆开信封。信是姐姐寄来的。

※

彩华：

好久不见——其实也不算好久不见。彩华，你还好吗？但愿你一切都好。

突然写信给你，也许会吓你一跳，但如果你能把它读完，我会很开心。

这封信寄到的时候，离宝宝的预产期也近了，想必你已经做完了出生意愿确认。虽然不知道结果如何，但姐姐祈祷它能顺利。不过，万一不顺利，也希望你别太消沉，仔细想想要怎么办，做一个不后悔的选择。无论如何，姐姐都不希望你犯下我曾经犯过的错。

姐姐现在藏在一个谁都找不到的地方。是不是很惊讶？现代社会的信息技术如此发达，但日本仍然有几处这样的地方。尽管如此，我还是不能告诉你我到底在哪里。一旦被发现就糟了。同样是这个原因，我用不了手机，也打不了出租车。手机里内置的 GPS 可能会暴露我的位置，打车的话，就会留下乘车记录。

接下来的内容或许会让你有些吃惊，请找个没人的地方，静下心来慢慢看哦。

彩华，还记得去年我们一起去的那家新宿的咖啡店"木兰"吗？受报道规则所限，新闻里没有报过，那里其实是天爱会的总部。你知道木兰的花语吗？是"对自然的爱"。

"木兰"表面上是一家复古情调的咖啡店，其实墙壁后面有一条秘密通道，通向更深的地下。沿着通道走到底，就能通往会员们平时活动的秘密房间。那是一间地下的密室，收不到任何信号，所以外界也无法探知。这就是长久以来，政府和警方对天爱会束手无策的原因。

看到这里，想必你会觉得奇怪：为什么我会知道这些？向你坦白，姐姐也是天爱会的一员。不时去东京一趟，就是来参加天爱会的活动。话虽如此，姐姐并没计划、参与过恐怖袭击，你放心。

听说天爱会起始于单纯的互助小组。因同意出生制度无法生下孩子、被迫和亲骨肉阴阳两隔的悲伤的母亲们聚集起来，为的是治愈心灵的创伤。那时候，天爱会的宗旨是会员分享各自的经历，商量如何跨过悲恸，让人生继续向前。如今的天爱会给人的印象多为可疑宗教团体或恐怖组织，但在恐怖袭击发生之前，天爱会在各地都有这类互助小组似的活动举办。应该说，这才是天爱会原本的活动内容。"天爱会"这个名字也是组织发展壮大后很久才改的，一开始，它名叫"木兰会"。

几年前，失去孩子、和丈夫离婚之后，姐姐开始参加天爱会的活动。当时,我实在是太寂寞了。总之是想找人说说话,希望有人分担我的苦恼和悲伤。在网上得知天爱会的活动后,我开始秘密地去东京参会。

如今回想起来,那时的天爱会已经有些诡异了。会员们不再单纯地分享悲伤,商量如何迈向未来,活动几乎是为被迫堕胎的母亲们泄愤准备的,大家共同发泄对不理解自己的丈夫和家庭的怨恨。当然,这类场所也有其必要性,实际上也有不少人因发泄了坏情绪而获救。可是呢,旧的共鸣唤起新的共鸣,人们的情绪逐渐走向极端,不知不觉间,怨恨的矛头对准了同意出生制度本身、出台这一制度的政府和体制,以及认为该制度再正常不过、予以认可的社会。

这种制度的制定者,不就是那些不懂得孕妇感受也不想去懂的男人吗?不知是谁说了这样的话,立刻博得了满堂喝彩。出生意愿确认根本就是个幌子,其实是国家在暗地里搜集过敏的信息——又有人这样说,大家纷纷表示赞同:果然如此,我早就觉得这东西不对劲了。

坦白说,沉浸在共鸣的漩涡中的感觉非常好。

我可以深深地相信，自己果然没有做错，错的是社会和这个世界。人类实在是脆弱的生物，为了不让自己受伤，会立刻反驳不同于自己的意见，或者装作视而不见，只吸收赞同自己的信息。这些信息像麻药一样，每次摄入都会强化自身的信念，对天爱会的依赖也与日俱增。终于有一天，有人说出：既然错的是这个世界，我们就应当纠正这个错误。这时候，几乎没什么反对的声音。

最开始的活动是抗议游行、车站前的演讲、给杂志投稿等，姐姐也参加过好几次抗议游行。渐渐地，不知是谁提议采取更有效的手段，于是，攻击政府指定的出生意愿确认医院的计划提上了日程。姐姐虽然没有参与这项计划，但也不能强烈反对。我当时想，这种计划总归是不可能付诸实践的吧。事实上，计划在商讨过程中就被举报，有过好几次会员被捕的事。

所以，得知天爱会成功攻击 S 国际医院的消息，姐姐真的害怕了。不管怎么说，就算是为了伸张我们这一方的正义，一下子杀害数百人也太过分了。和姐姐想法一致的人也不少，一时间，退会者接连不断。而姐姐苦恼了很久，还是决定坚守，没有退出。

不过，每天都有因胎儿拒绝出生而不得不面临堕胎选择的母亲出现，实施大规模行动之后，也还是涌现出相当多的追随者，招募新会员并不困难。很快，新的攻击计划又提上了日程。攻击目标暂定为 T 大附属医院。

得知计划是二月的一天晚上，也就是我跑去彩华家那天。突然冲到你家里，没完没了地说了些莫名其妙的话，真是不好意思。当时我刚刚知道计划，有些乱了方寸。

知道彩华正巧准备去 T 大附属医院做出生意愿确认后，我不是劝你不要去吗？一方面是因为姐姐不希望你做确认后经历我经历过的痛苦，一方面也是因为 T 大附属医院很危险，即使你无论如何都要接受检查，我也希望你避开那家医院。

但是，彩华的意志非常坚决。和你见面后我才意识到，真正大错特错的人或许是自己。自然、天之本心、阴谋论……我不管不顾地拼命抓住这些救命稻草，只是为了相信自己没错。或许，姐姐不过是一个无法战胜产意的、脆弱的人。不，或许我其实早已模糊地意识到了这一切，只是一直在逃避罢了。

　　我原本打算劝组织不攻击 T 大附属医院，可一旦被问到原因，到底无法自圆其说，即使劝说有了效果，组织也可能只是换一个攻击目标而已。更重要的是，一旦对天爱会的主旨有了疑问，我就不可能袖手旁观，让他们执行计划。

　　向警方举报"木兰"的是我。长期默认天爱会任意妄为的我，将举报视为最起码的赎罪。不过，人死不能复生，我也不认为这样就能偿还自己犯下的错。如今总部被警察查处，主要干部被捕，天爱会受到致命的打击，但各地还有余党在搜找背叛组织的人。如果被他们找到，我就完了。

　　说实话，去年带彩华去"木兰"，是想着如果有机会就劝你入会。但我最终还是没能开口。一方面是因为彩华期待孩子降生的模样格外幸福，另一方面，大概是姐姐那时候已经对天爱会的行为有了一些疑问。要是能早点认清那些疑问的真相就好了——事到如今，每次回望我都后悔不已。

不好意思，拖拖拉拉地写了这么多。尽管我在信上写了要你放心，信的内容或许根本没法让人放心吧。我返回开头读了一遍，"无论如何，姐姐都不希望你犯下我曾经犯过的错"——措辞这样豪迈，到头来，姐姐写这封信也仅仅是自私地想向彩华倾诉自己的故事、想得到你的理解罢了。唉，这一切的一切，我都非常抱歉。

　　除了道歉，还有一件事想要拜托：如果妈妈问起我的去向，能不能帮我向她酌情隐瞒？现在这种情况，我一时半会儿还回不了家。还有，这封信请你读完烧掉。啊，一不小心，想要拜托的事就变成了两件。

　　说到妈妈，我又想到一件必须向你道歉的事。小时候，爸爸妈妈对姐姐宽容，却对彩华严厉，大概是他们对未征求意见便生下我一事感到内疚。来到这个世上，我从未觉得自己不幸，也从没恨过爸爸妈妈，他们却总是对我有负罪感。我虽然觉得他们不必做到如此地步，这一切却给彩华平添了许多痛苦的回忆，对不起哦。直到今天，我偶尔还是会想：如果爸爸妈妈没有那些不必要的顾虑，姐姐和彩华或许能相处得更好。

姐姐永远都希望彩华幸福。只有这句话没有半点虚假。

　　　　　　　　　　　　　　　　　　　　　　姐姐

　　　　　　　　　　　　※

　　姐姐太狡猾了。这是我读完信后想到的第一句话。尽管如此，不知不觉间，我的眼泪还是不争气地流了下来，怎么也止不住。

　　我那永远漫不经心的、惹人恼的姐姐——即使藏身之处再安全，满不在乎地写信来，向我和盘托出一切的行为也未免太大意了。而她一个人随随便便消失得无影无踪，却单方面自作主张地寄信给我，这行为实在让人恨得牙痒痒。既然之前把自己的真心藏得那么好，干脆瞒我一辈子岂不是更好吗？藏在一个我不知道的地方，让我的想念和思索根本无从转达，还谈什么"姐姐永远都希望彩华幸福"？

　　我将信重读了好几遍，终究无法像姐姐说的那样将它烧掉。姐姐的思考逻辑和行为准则我还是理解不了。可现在，我痛彻心扉地理解了姐姐当时不得不依赖互助小组的悲伤。

　　大门打开的声音传来，我慌忙归拢了心神。看看窗外，不知不觉间天已经黑了，夜幕彻底降临。在我反复读信又发呆的时候，几个小时一晃而过，佳织回来了。

　　我下意识地屏住呼吸，竖起耳朵听佳织在起居室的动静。只听她"咚"的将某个重物放在桌上，接着传来流水的声音，电水壶烧水的声音，取出餐具时陶瓷碰撞的声音。佳织有到家先泡红茶喝的习惯。电水壶烧好水的提示声咔嚓一响，我便听到从橱柜里拿出茶包的簌簌响动。不久，又传来在沙发上坐下时的轻响。那套沙发是决定结婚后，我们一起去家具店挑的，颜色和设计都符合佳织的审美。那不过是三年前的事。那时候，只要佳织在我身旁，世上的一切都色彩斑斓、熠熠生辉。

　　不，用不着追溯到三年前，仅仅是三个星期前的我们也是幸福的。幸福地望着同一个世界，一起盼望着新生命的到来。佳织现在喝的红茶，还是为我买的无咖啡因产品。然而，我们的幸福却被短短十分钟的检查毁坏殆尽。现在我们眼前只有两条路：要么放弃孩子，要么成为罪犯，背上被世人谩骂、被孩子痛恨并告上法庭的风险，在罪恶感的谴责中生下孩子，将她养大。

起居室传来将茶杯放在茶托上的清脆声响，接着是一声轻轻的叹息。那是佳织的叹息。这之后是片刻的静默，只有不时从窗外驶过的车和空中出租车的声音扫过耳朵。房门下面的缝隙看不到起居室的灯光，佳织也许没开灯。想到她独自坐在沙发上，在黑暗中发呆的样子，我的心都要碎了。

没多久，我听到佳织从沙发上站了起来，脑海中清晰地浮现出她把茶杯和茶托拿到水槽清洗的样子。因为工作性质的不同，佳织比我在家的时间长，下厨的次数也比我多。即使不开灯，借着从窗外渗进屋里的街灯的微光，泡个红茶、洗个茶杯于她来说也不是什么难事。

大概是洗完了杯子，佳织离开厨房，拿起细软，似乎要回自己的房间了。可她好像没有径自回房，而是路过我的房间时在门口停下，静静地站了一阵子。

隔着房门，我甚至都能感到她目光的温度。现在，我隔着一道门板和佳织对望。想到这儿，我的脸旋即发烫。

我的房间开着灯，光线肯定从门下面的缝隙透到了起居室。也就是说，佳织知道我在房里。铺天盖地的沉默将门两侧的我们裹挟。我能听到自己比平时稍快的心跳声，伴着秒针滴答，扑通、扑通地在体内鸣响。随着时间流逝，那声音牵起我和腹中的孩子、门对面的佳织，三个人的心跳仿佛渐渐同步。我想象出一幅血液奔流汇聚的图景。

　　佳织只是站在那里，没有开门，也没有敲门。我想立刻打开门，紧抱住她，却没有勇气这样做。我无法控制自己不去想象拥抱之后不愿意面对的那个东西。小时候，我曾一度以为结婚就是最终的胜利，可真的结了婚，我才发现，婚姻之后是漫长的平凡生活。同样地，即使我们和好如初，今后仍有许多不得不去面对的问题。想到这里，我不可抑制地恐惧，提不起兴致踏出第一步。也许，就这样毁掉我们的关系，在孩子出生前狠心和佳织离婚会比较好。这也是一个办法。只要在孩子出生前离婚，佳织就不会成为强迫出生的犯罪者。可想到横在名为分娩的终点前极为有限的时间，我到底还是下不了这个决心。一个人背负着巨大的罪恶感，在旁人的目光中战战兢兢地将被自己诅咒的孩子独力抚养成人。这样的事，我真的能做到吗？

　　不知道过了多久，门对面终于有了动静。佳织回了自己的房间。她房间的方向传来开门和关门的声音。

　　我说不清自己的心情究竟是松了一口气的成分更多，还是失望的成分更多。闭上眼深呼吸，我只觉得憋闷。心悸袭来，胃里火辣辣的。

　　姐姐的信不知什么时候掉在地上，我捡起来，又细细读了一遍。读着读着，我心里冒出一个想法，并逐渐有了具体的形态，化为不可动摇的决心。

　　——我必须再去"木兰"看一看。

5

我没有惊动佳织，偷偷摸摸地离开了家。正是上班的人步履匆匆往家赶的时候，夜幕带着深海般的黑蓝，细如镰刀的月牙高悬在天空的一角。

要搭乘挤满了乘客的电车去新宿实在太辛苦，我决定打一辆空中出租车。空中出租车是自动驾驶，坐车不会引人注意，这一点让我感激。

我在新宿 Alta 下车，凭着模糊的记忆在错综复杂的巷子里磕磕绊绊地摸索了一阵，终于找到了曾经的"木兰"。

昏暗的街灯照耀下，我看到潜藏在商住大楼一角的那段通往地下的楼梯。那里如今拉起了警方的封锁线，没法下去。如果试图穿越封锁，恐怕会有警卫机器人赶来将我逮捕。楼梯旁边写有"木兰"的木质招牌当然也不见了。四下里一个人也没有，只有几台警卫机器人哧溜溜地移动着巡逻。

我留意着不触动警报设施，试图隔着封锁线窥探楼梯下面的模样。可楼梯下方的空间只充斥着无穷无尽的、浓郁的黑暗，什么也看不见。

那天和姐姐一起来这里的情景，在我心里浮现。姐姐曾无数次来到这里，和伙伴们分享强迫堕胎的悲伤，试图获得救赎。对当时的她来说，这里也许是她唯一的港湾。想到这儿，我就眼眶发热。一方面埋怨姐姐陷入危险组织圈套的愚蠢，一方面对自己也丝毫没有自信——如果天爱会如今仍然存在，我说不定也会忍不住依赖它。

小巷里一片寂静，能听到的只有警卫机器人身下滑轮的滚动声，还有远处大马路上频频往来的车流声。

一直在这里傻站着也不是办法，差不多就回去吧——可我究竟为何想来这里？原本又想来做什么呢？我也说不清楚。天爱会的总部已经被举报，我肯定是进不去的，就算进去了，里面肯定也没有人。

这些自己都无法解释的行为或许也是荷尔蒙分泌失调导致的吧——我一面这样想，一面沿着来路往车站方向走去。空中出租车在狭窄的巷子里无法着陆。

穿过几条巷弄，马上就要走到大马路上的时候，忽然有人从身后拉住了我的手。我下意识地回头，刚要尖叫，嘴就被捂住了。

"嘘！安静。大吵大叫会被警卫机器人发现的。"

一个陌生的女人对我低声说。

即使对方要我安静，忽然被一个陌生人拖住手、捂住嘴，任谁都会有很大反应吧。从捂在我嘴上那只手的力量来判断，这女人的力气应该不会很大。只要我拼命抵抗，附近的警卫机器人必然会立刻察觉并赶来。

然而，女人接下来的话阻断了我的思考：

"你果然是彩芽的妹妹。"

姐姐的名字突兀地出现，我惊愕地凝视着女人的脸孔。可无论怎么看，我都对这张脸没有印象。

"你认识我姐姐？"

我一边问，一边浮现出不祥的想象。既然这女人认识姐姐，恐怕是天爱会的残党。她埋伏在总部的旧址，或许是在找向警方告发组织的叛徒。不知道姐姐举报的事是否被她们发现了，假如她们知道了，或许会把我当作人质，引诱姐姐现身。

也许是在我的神色中读出了警惕与不安，女人松开手，换上温柔的表情，对我和气地笑了笑。借着街灯的微光，我得以模糊地看到她的面部细节。她和姐姐年龄相仿，最多不超过四十岁，脸上还留有青春的余韵，但漂亮的笑容中带着一种说不清的哀伤。

"别担心，我是彩芽的朋友。彩芽经常给我看你的照片，说'这是我可爱的妹妹'。本人和照片一模一样呀，你好像叫……彩华？"

说话间，女人的目光落在我的肚子上："你怀孕了呀，看样子就快生了吧？"

她似乎没有敌意，我稍微放松了警惕。既然她是天爱会的会员，那么她也是和姐姐与我经历过相同悲伤的人——这种想法取代了警惕，占据了我的脑海。

"……离预产期还有一星期多一点。"

我自言自语般地喃喃着，声音低到几不可闻。

"是吗？再加把劲儿，期待的日子就要来啦。"

听到女人的话，我又想起检查结果和佳织，情绪变得晦暗。

大概是从我沉默的表情中察觉到了什么，女人一下子敛去笑容，不安地盯着我，仔细观察我的表情。

　　"……拒绝出生？"

　　我垂下的头轻轻点了点，继而感到手被人握住了。女人温柔地裹住我的双手，紧紧地握着。这时我才发现，她的手温暖而柔软，我的手蜷在她的手里，舒服得很。

　　"你受苦了。"

　　这句语气温柔的话，刺得我的内心深处轻轻一痛，下一瞬间，眼泪已经扑簌簌地滑落。两个多星期以来的辛劳和受挫一齐涌上心头，女人的脸在我的泪水中模糊，成了光与影交融的块状物。二十岁以后，这还是我第一次在佳织以外的人面前落泪。我慌忙甩开女人的手，转过身想要擦泪。

　　这一来，女人从身后伸过胳膊，像抱住我似的轻轻搂住了我的肩膀。一股陌生的头发香气扫过我的鼻翼。我这才想道：原来被活生生的人的体温拥着，是如此令人怀念、如此治愈的事。

　　"要是想哭，就痛快地哭一场吧。"

　　不知什么时候，我已经在她的怀抱里放声大

哭。滚烫的泪珠打湿了她的肩膀。我一边哭一边想，如果现在在身边紧抱着我的是佳织该多好。女人抚着我的后背，安静地等我哭完。

"刚才不好意思。"

在光线昏暗的卡拉OK包厢里，我重新面对她，为自己方才的失态道歉。女人微笑着轻轻摇头：

"我之前一直觉得彩华和彩芽虽然是姐妹，却一点也不像。不过，你哭的时候倒是和她有点像哦。"

尽管不好意思，我还是让毫不相干的人看到了自己的哭相。这之后，我们打算踏踏实实地聊一聊。在咖啡厅或家庭餐厅不方便聊天爱会的事，所以我们包了一间卡拉OK包厢。

女人名叫金结奈，比姐姐大一岁。她和天爱会的其他女人一样，也有过肚子里的孩子拒绝出生的经历。只不过她对丈夫隐瞒了检查结果，没有接受取消出生手术，将孩子生了下来。

然而，孩子出生后，她的丈夫发现出生意愿确认的结果其实是拒绝出生，震怒地将这一事实披露给双方的父母和亲戚，称自己当时对此一无所知，全然被蒙在鼓里，所以没有过错。在旁人看来，她丈夫的说辞无可指摘。丈夫是一个被妻子蒙骗的可怜人，什么都不知道就成了罪犯。相应地，金女士则是个罪大恶极的人，不光强迫孩子出生，还连累丈夫成了罪犯。

金女士受到一众亲戚的责难，丈夫也主动和她离婚。孩子被丈夫带走，由之前的公婆抚养。"不能让你这样的罪犯抚养孩子"——这便是之前的公婆对金女士的说辞。无话可说的金女士就这样失去了一切，走投无路。她渐渐觉得，假如没有同意出生制度，自己就不必承受和亲生骨肉生离死别的痛苦了。就在这时，她偶然在网上看到了有关天爱会的消息，决定入会。

刚入会时她感觉很舒服，可没过多久便发现自己在天爱会之中也抬不起头来。天爱会的成员大多是分娩前被迫和孩子阴阳两隔的母亲，可金女士的孩子仍然活在这个世上，只是她见不到而已。光是孩子还活着这一事实，就难免为她招来其他会员的嫉妒。于是金女士谎报自己的经历，告诉大家自己也接受了取消出生手术，没有孩子。天爱会之外的地方没有谁能和她分享对同意出生制度的恨意，所以她无论如何也想留下来。

金女士只对几个人说过自己的真实经历，姐姐就是其中之一。两人性格合拍，立刻就成了朋友，总是一起参加天爱会的活动，私底下也常一起玩。把自己打扮得漂漂亮亮的，心情会跟着透亮，也能战胜悲伤——这也是金女士教给姐姐的。听说姐姐和金女士闲谈的时候经常提起我。S国际医院的那次恐怖袭击之后，金女士离开了天爱会，之后一直没见过姐姐，但她很怀念两个人都是会员的那段日子，直到今天仍会不时来"木兰"周围转转。

"天爱会现在彻底被人们看作恐怖组织或邪教了，不过染指过激活动的只有其中的一小撮人。包括我和彩芽在内的大部分会员来到这里，只想寻找分享情绪的伙伴，觅得自己的容身之处。对我们来说，天爱会是一种救赎。会员几乎都是女人，但也有男人。因为外面的世界压根儿不允许我们袒露自己的情绪嘛。自主决定出生权就是压倒性的正确——在这一堂而皇之的理由下，只要稍微流露出想违背孩子的意愿将其生下来的意思，立即就会被贴上'失格父母'的标签。"

金女士轻描淡写地说着，侧脸一会儿被球面灯投射出的光影染上五颜六色，一会儿又沉在暗影里看不清表情。我们将包间的音响静音，只有全息影像虚无地漂浮在半空中。衣着鲜艳的年轻偶像组合成员嘴巴开开合合，像沉在寂静海洋中的鱼群。

听金女士说着，我想起从前的自己，有种被责备的感觉，脸上火辣辣的，心情一半尴尬，一半羞怯。

"你觉得同意出生制度是错的吗？"

我像要抓住救命稻草似的抛出问题，自己也不知想听到怎样的回答。

金女士歪着头，沉默了一会儿。

"我不知道它到底是对是错，可是……"

她自言自语般地嘟囔着，顿了顿，慢慢摇了摇低垂的头：

"不，话不该这样说。那制度大概非常正确，要不要活出自己的人生，当然应该由自己决定。这其中没有任何错误的成分。只是——"

金女士抬起头凝视着我，继续说道：

"正因为它太正确了，才给人无路可逃的感觉。天爱会就是那些所谓'不正确的人'搭建的避难所。"

"但在所有动物之中，只有人类拥有所谓的'自主决定出生权'……"

"的确是这样。不过，也只有人类讲求自由、平等，其他动物都不考虑这些。"金女士停顿了片刻，"也许一切的一切不过是人类的想象和信念。自由、平等、自主决定出生权，国家也是一样。人类想象出这些概念，相信它们应当存在。我们相信自由，相信平等，相信自主决定出生权，一路走到了今天。事到如今，已经无法回头了。因为所有人都相信这些概念的正确。"

"但有人说，政府是靠同意出生制度筛选国民、掌控思想倾向什么的——"

我仍不死心。也许是情绪激动，肚腹有些发胀，传来一阵钝痛。金女士打断了我的话：

"很遗憾，那些说法没有任何根据。"她苦笑道，"那些说法正是天爱会所提倡的，曾是会员的我虽然不便说三道四，但到头来，那不过是为想相信传闻的人准备的。我们需要另一种信念，用来替代自主决定出生权的正确。入会后，我听到那些传闻时也深信不疑。不，准确地说，是我不愿意怀疑。与其承认自己的错误，不如相信只有自己知道真相才更轻松、更容易为自己开脱吧？这样一来，还会莫名生出一种使命感，要把这真相告诉全世界。

"可是，S国际医院的事件导致那么多人死亡，令我不得不扪心自问：我那深信不疑的真相，究竟何以为据？天爱会做出那种事，究竟何以为据？结果我终于意识到，没有任何一项根据确凿无误。"

听了金女士的说法，我一下子没了气力。其实我也早就明白，如果真是为了筛选国民、掌控思想，大可不必绕着弯子做什么出生意愿确认。特意定出那种制度，还要每年大张旗鼓地公布生存难易度指数来掩人耳目，怎么想都不合逻辑。只不过，无论是我还是曾经的姐姐、金女士，都更愿意相信、更希望错的是世界，而不是自己。想来，那位粗暴的男技师只是检查手法粗暴了些，检查结果很可能没有问题。而希望结果有错的不是别人，正是我自己。我想为自己的渴望和悲伤找到理由，找到哪怕一丝的可能，相信自己的产意不是诅咒，而是祝福。我和天爱会的会员们一样，希望通过这些行为得到救赎。

可我还有一点牵挂放心不下。

"说起来，意愿确认到底是真是假，也许并没有那么重要吧？"

我一面整理混乱不堪的思绪，一面努力将脑海中浮现的想法一字一句地付诸表达。金女士微微点头，安静地倾听。

"我出生在意愿确认刚刚普及的年代，对出生前的事没有任何印象。出生前有谁对我说了什么、我是怎么想的、又是为何决定要出生——我对这些没有丝毫记忆。唯一重要的是我按照自己的意愿出生的事实，无论遭到怎样的挫折，只要想到来这个世界是自己的选择、这段人生是自己的选择，我就能鼓起无穷的勇气，克服一切困难。"

说话间，茫然散落在脑海中的思考片段逐渐化为具体的形象，模模糊糊地浮现出来："也就是说，也许真正重要的不是靠自身意志决定这件事本身，而是深信自己的出生是自身意志决定的结果。没错，重要的不是真相，而是信念。人只要相信某个结果是自己的选择，就会变得容易接受这结果，这份相信也会成为活下去的勇气。说得极端些，即使不做出生意愿确认，只要政府为所有新生儿颁发同意出生公证书，大概也能得到同样的效果吧？"

"你是说，只不过是担心所有孩子都同意出生实在太假了，检查才会随机选择牺牲一部分孩子，以提高自身的可信度？"

金女士忧心忡忡地接过我的话头："的确，我也听说过一些传闻——有部分海外国家实际上不进行出生意愿确认，只是随机发放公证书……"

"不，我没有提出新阴谋论的意思。相反，我相信日本的检查结果很可能是经过仔细确认的。"

我摇头说着，转而又想到，日本认真对待检查一事，说不定也仅仅是我的一厢情愿——作为一名孩子被牺牲的母亲，我实在难以接受并非如此的事实。最终，连这也只取决于我想要相信什么。也许是心理作用，腹部的疼痛似乎比方才更剧烈了。我接着说："我只是觉得，认真确认胎儿的意愿和随机选择，从结果来说，似乎区别不大。"

说完，我和金女士都陷入了沉默。一切如此混沌，究竟孰真孰假，孰可信孰不可信，我一无所知。

即便如此，我还是察觉了自己的疲劳和困顿。我已经疲惫不堪，疲于怀疑，疲于和别人唱反调，疲于被自己的产意和罪恶感撕裂。无论真相如何，既然结果不会改变，只要相信别人告诉我的"真相"就行了。或许这是最轻松的办法，也是最正确的处理方式。话说回来，假如检查结果是同意出生，我只怕根本不会产生什么怀疑，而是会和以前一样，相信同意出生制度是绝对的善，不疑有他。可不利于自己的结果刚一出现，我就立刻怀疑到自己的生命根源上。我这人真是任性啊。

"我还是觉得——"

我打算将好容易整理成形的想法转化成语言，告诉金女士。

然而，下腹部就在这时传来一阵剧烈的疼痛，仿佛有人攥住我体内的脏器，像绞毛巾一样拧着劲儿。

"啊！"

这突如其来的剧痛让我禁不住捂住肚子，弯下了上半身。金女士见此异状，慌忙抚摸着我的后背问：

"怎么了？彩华，你还好吗？"

她很快便意识到问题的严重性：

"是阵痛开始了吧？彩华，你有医院的电话吗？"

我忍着排山倒海的疼痛，从书包里拿出手机，调出电话簿，查找平时去的那家车站前诊所的电话号码。但在按下通话键之前，又一波痛楚袭来，我不由得闭住呼吸，拿手机的手失了力气。金女士赶在手机掉到地上之前灵巧地接住它，拨通了诊所的电话，又帮忙叫了出租车。

※

佳织赶到诊所时，阵痛已经停止了。

"抱歉哦，是假性阵痛。"

我躺在床上，向冲进病房、面色苍白的佳织道歉。疼痛已经消失，但我说话时还是使不上力，声音听起来很虚弱。"这次痛得厉害，在假性阵痛中不多见，大夫起初也不好判断，但过了一阵就逐渐缓解了。"

佳织脱力地瘫坐在病床旁的椅子上，滑出一声叹息：

"我还以为你真的要生了呢。"

佳织说话时仍然气息不稳，后背缓缓地上下起伏。她手里攥着我们事先准备好的包，里面装的都是为住院准备的东西。

"那我就先走了。"

见佳织来了，陪我来诊所的金女士露出一个放心的微笑，对我轻轻摆了摆手："保重哦。"

我躺着向她道谢，挥手目送她离开。金女士离开病房后，佳织问：

"那人是谁？"

"姐姐的朋友，是她带我来医院的。"

听我这样一说，佳织的目光尴尬地撇到一旁。

"对不起哦，这样的时候，我却不在你身边。"

我微笑着慢慢摇头：

"没什么，擅自溜出家门的人是我嘛。佳织能过来，我已经很开心了。"

"能走动之后就可以回去了哦，请等到真正的阵痛开始再来。"一名护士走进病房，说完这些便走了。

咔嚓一声，门关了。沉默短暂地造访。佳织的目光在我的脸和肚子之间默不作声地逡巡，少顷，她握住我的手，仿佛下定决心似的开了口：

"那个，后来我想了很多。"

"嗯？"我应了一声，等着她接下来的话。

"如果彩华想生这个孩子，那就生吧。生下来之后，我们一起把她养大。"

佳织双手紧握着我的左手，我感到了她手上的力度。她的视线落在我的肚子上，继续说道："我之前反对你生，是因为我不想给孩子留下悲伤痛苦的回忆。我不希望你像我的父母那样，自作主张地将孩子生下来，又接受不了孩子原本的样子，并因此让孩子受苦。

"但这几天，我也想了很多。我的确不是自愿来到这个世上的，父母的不认可也曾让我非常痛苦。可能的话，我不希望做他们的女儿，如果有做出生意愿确认的机会，我大概会选择拒绝出生。不过呢，要说让我回顾至今为止的人生，问我是不是真的不幸，我又觉得未必如此。"

说到这里，佳织停下来思索了一会儿，像是在斟酌言辞。我便抓住时机问道：

"佳织觉得自己幸福吗？"

听我这么问，佳织忍俊不禁，扑哧一声笑了出来：

"幸福或不幸，哪能说得那么轻巧？人生在世，痛苦自然是多于快乐的喽。"她呼出一口气，继续说道，"不过呢，和彩华在一起的时候，我是真的很幸福呀。幸福到觉得不枉此生。所以我想，只要我们努力让这孩子也感受到同样的幸福，不就行了吗？"

"佳织想要这个孩子吗？"

"那我自然还是希望尊重孩子的意愿。我至今仍然觉得，如果她不想出生，还是不要生下她比较好。但如果彩华会因此受伤，我也能破釜沉舟：我就要努力让这孩子改变想法，意识到自己当时做了愚蠢的选择，庆幸自己的出生。我一定会竭尽所能地疼爱她，给她幸福。"

我久久地凝望佳织的脸。那张脸上写满了决心，清清楚楚地告诉我，这是她以她的方式，尽全力思考后得出的结论。仿佛积雪在春天的阳光下融化一般，我内心深处的寒冰也在一点点地融化。要是有力气动弹，我真想立刻紧紧地抱住她。于是我将力气放在双手上，也用力攥紧她的手。唯独令我心焦的是，此时的自己能触碰的只有这片有限的肌肤。

"佳织，谢谢你。"

我感受着她手心的温暖。言语在我的想象里有了形状，像许多肥皂泡，软乎乎、慢悠悠地飘在脑海中，啪叽、啪叽地迸裂。

"但我要接受出生取消手术。"

佳织愕然地盯着我。

"你说得没错，如果我们特别特别努力，也许能给这孩子幸福。也许能让她幸福到推翻自己当初的决定。但我觉得，仅仅这样做还是不行。我终归是觉得，一个人在一生的最开头就被剥夺某种宝贵东西的滋味还是不好。自己的意愿在人生的起始便被忽视，对这孩子来说，这件事或许会成为她一辈子都无法逃脱的诅咒。我希望自己的孩子出生时，为她献上的不是诅咒，而是祝福，衷心的祝福。这是我们的初心，也是同意出生制度带给我们最大的恩惠，不是吗？"

短暂的沉默后，佳织开口道：

"彩华不是想生下这个孩子吗？"

"想生呀，特别想生。我想亲眼见见这孩子，想摸摸她猴子一样皱巴巴、红彤彤、哭个不停的小脸。太想了，以至于为刚才的疼痛不是真的阵痛而心有不甘。"

我喘了口气，接着说："但我终于认识到，这些都是我的产意，是我自作主张的心愿，除此以外什么都不是。再这样下去，我的做法就和以前那些为了增加劳动力生孩子的人没有任何区别。要是干

161

出这种事，我就否定了人类的尊严。"

我一面说，一面轻轻摩挲肚子。姐姐说得没错，躺下来之后，我膨隆的肚子宛如一座小丘，一座盛有珍贵宝藏的生命之丘。我不惜承受诅咒，也想向那宝藏献上全心全意的祝福。

"彩华能放下这个孩子吗？你觉得这样做是对的？"

听了佳织的疑问，我在枕头上轻轻摇头回答：

"我不知道怎样做是对的，也不知道到底应该相信什么。但我直觉，这是眼下我唯一能为这个孩子做的选择。"

寂静再次造访，挂在墙上的时钟发出秒针前行的滴答声，某个房间传来新生儿康健有力的第一声啼哭。那声啼哭一定也备受祝福。

"下次换我来接受妊娠手术哦。"

佳织忽然说了这么一句，她的侧脸仿佛有几分寂寞。我再次紧握住她的手，对她微笑：

"真希望下一个孩子愿意来到这个世界。"

初生的啼哭久未停止，其间还夹杂着男人喜悦的抽泣。眼下的瞬间，世上仍有无数生命出生。这便是至高无上的希望。

野 SPRING
更具体地生长

主　　编｜徐　狗
策划编辑｜徐　露
责任编辑｜徐　露

营销总监｜张　延
营销编辑｜狄洋意　许芸茹　韩彤彤

版权联络｜rights@chihpub.com.cn
品牌合作｜zy@chihpub.com.cn

野 SPRING
望 MOUNTAIN

出品方　春山望野（北京）
文化传媒有限公司

Room 216, 2nd Floor, Building 1, Yard 31,
Guangqu Road, Chaoyang, Beijing, China